Pippa Young

Ponyhof Apfelblüte

Weihnachten auf dem Reiterhof

Alle Bände der Reihe **Ponyhof Apfelblüte**:

Band 1: Lena und Samson
Band 2: Paulina und Lancelot
Band 3: Lotte und Goldstück
Band 4: Hannah und Pinto
Band 5: Mia und Aska
Band 6: Julia und Smartie
Band 7: Sternchen und ein Geheimnis
Band 8: Rapunzel und der Spuk im Wald
Band 9: Samson und das große Turnier
Band 10: Ladys glanzvoller Auftritt
Band 11: Lenas mutige Entscheidung
Band 12: Lotte und die Übernachtungsparty
Band 13: Ein eigenes Pony für Mia
Band 14: Paulinas großer Traum
Band 15: Glaub an dich, Juli
Band 16: Lena springt ins Glück

Sonderband: Weihnachten auf dem Reiterhof

Pippa Young

Ponyhof Apfelblüte

Weihnachten auf dem Reiterhof

Illustriert von Saeta Hernando

Aus dem Englischen übersetzt
von Sandra Margineanu

Loewe

Mit besonderem Dank an Catherine Hapka

FSC
www.fsc.org
MIX
Papier aus verantwortungsvollen Quellen
FSC® C014496

ISBN 978-3-7432-0411-9
1. Auflage 2020

Aus dem Englischen übersetzt von Sandra Margineanu
Umschlag- und Innenillustrationen: Saeta Hernando
Umschlaggestaltung: Elke Kohlmann
Printed in the EU

www.loewe-verlag.de

Inhalt

Festliche Vorbereitungen

„Da muss noch mehr Lametta drauf“, sagte Lena Kennet. Sie trat einen Schritt zurück und begutachtete den Ponywagen, den sie zusammen mit ihren fünf Freundinnen schmückte. „Und noch mehr Sprühschnee.“

„Ich glaube, in der Sattelkammer steht noch eine Dose.“ Hannah Glass zog sich ihre grüne Wollmütze tiefer über die glatten blonden Haare und eilte über den gepflasterten Hof. Es war ein heller, kalter Dezembertag. Die Mädchen hatten sich auf dem Ponyhof Apfelblüte verabredet. Für Lena war es der schönste Ort auf der ganzen Welt. Sie liebte den Frühling dort, wenn am Apfelbaum mitten im Hof grüne Blätter sprossen. Und den Sommer, wenn sie mit den Ponys vor der Hitze in den schattigen Wald am Fuße der Berge flohen und sich nach dem Ausritt alle mit dem Wasserschlauch abduschten. Im Herbst färbten sich die Blätter braun, eine frische Brise wehte von den Bergen herab und machte die Ponys munter.

Aber diese Jahreszeit ist vielleicht die allerschönste, dachte Lena. Bis Weihnachten waren es noch ein paar Wochen, doch der ganze Hof war schon festlich geschmückt. Ein großer Adventskranz hing über dem steinernen Torbogen, die kahlen Äste des Apfelbaums waren mit Girlanden verziert und die Hofhunde, Skip und Hop, trugen rot-grüne Halsbänder mit Glöckchen.

„Hier ist noch mehr Lametta. Fang!“ Lotte Stevens warf Lena von der anderen Seite des Ponywagens eine Papiertüte zu.

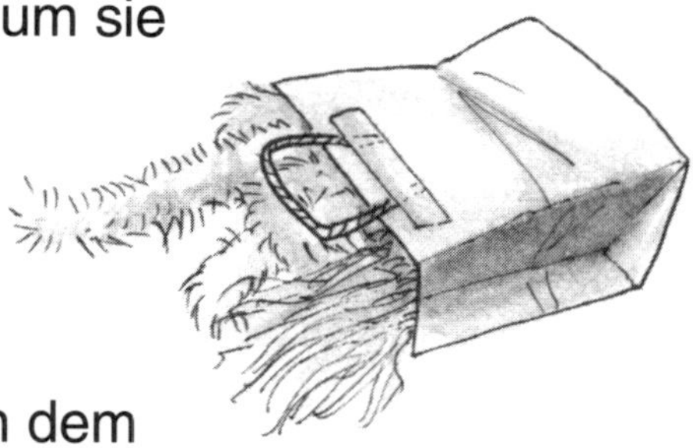

Lena streckte sich, um sie zu fangen. Aber sie erwischte die Tüte nicht, die stattdessen auf dem Boden neben dem Wagen landete. Silberfarbenes Lametta quoll auf das Kopfsteinpflaster.

„Pass auf!“, rief Juli Marle. „Die Hunde lieben das Zeug!“

Prompt kamen Hop und Skip angerast.

„Nein! Aus!“ Mia Howard lachte, als Hop

sich ein paar Lamettafäden schnappte und Skip sich auf die Tüte stürzte.

„Achtung! Sie haben die Tüte!“, rief Paulina Wells. Ihre großen blauen Augen wurden vor Schreck noch größer.

Beide Terrier schnappten nun zappelnd und knurrend nach ihrem Fang. Lena stieß einen Schrei aus, als das braune Papier riss. Noch mehr Lametta quoll aus der Tüte. Wie silbriger Schnee bedeckte es den Boden.

„Oh, ihr frechen, ungezogenen Hunde!“ Lena kniete sich hin und sammelte die Lamettafäden auf. „Worin sollen wir denn jetzt das übrig gebliebene Lametta aufbewahren?“

Mia grinste und schob sich eine Locke hinter ihr Ohr. „Das bedeutet wohl, dass wir alles verbrauchen müssen.“

Lena lachte. „Gute Idee!“

Sie betrachtete den Ponywagen. Bunt verpackte Geschenke lagen auf der Rückbank. Von außen war er mit Lametta, Tannenzweigen und künstlichem Schnee geschmückt. Die Mädchen wollten, dass er dem Schlitten des Weihnachtsmanns so ähnlich wie möglich sah. In Willow Springs gab es jedes Jahr eine Winterparade. Das Motto des diesjährigen Festumzugs lautete *Weihnachtslieder* und die Mädchen hatten sich für *Jingle Bells* entschieden.

Juli sah auf die Uhr. „Wir müssen uns beeilen“, sagte sie. „Die Parade startet in eineinhalb Stunden.“

Mia salutierte mit der Handkante an der Stirn. „Jawohl, Käpt'n!“, sagte sie.

Juli runzelte die Brauen. Als Lena und die

anderen lachten, lächelte sie zerknirscht, dann zuckte sie mit den Schultern. „Ich meine ja nur, dass wir weitermachen sollten“, erklärte sie.

Lena grinste die anderen an. Julis Eltern gehörte der Ponyhof samt alter Burg und den Weiden. Als Lena noch neu hier gewesen war, hatte Juli immer so getan, als wäre sie etwas Besseres und zu gut, um mit den anderen Mädchen befreundet zu sein. Doch mit Unterstützung der lustigen, abenteuerlichen Mia, der forschen, sportlichen Paulina, der freundlichen, mädchenhaften Lotte und der schüchternen, lieben Hannah hatte Lena Julis Einstellung schnell geändert. Inzwischen war Juli nur noch manchmal ein bisschen bestimmerisch, aber die anderen zögerten nicht, sie darauf hinzuweisen.

Da kam Hannah mit einer neuen Dose Sprühschnee zurück. „Hab sie gefunden“, sagte sie.

Lena sprühte ein paar weitere Wirbelmuster auf die Wagenseite. Dann schüttelte sie die Dose.

„Da ist noch ziemlich viel drin“, sagte sie. „Die Ponys können wir damit nicht einsprühen, das ist bestimmt nicht gesund. Sonst könnten wir Prinz mit Schnee verschönern.“

Mia kicherte. „Er ist zwar echt ein ganz Braver, aber das würde ihm wohl nicht gefallen.“ Prinz war Mias Pony. Ihre Eltern hatten ihn gekauft, ohne zu wissen, dass er als junges Tier einen Unfall gehabt hatte und seitdem niemanden mehr auf sich reiten ließ. Zum Glück hatte sich herausgestellt, dass er ein ganz hervorragendes Kutschpony war. Mia teilte ihre Zeit daher auf – mit Prinz fuhr sie Ponywagen und auf Aska, ihrem liebsten Schulpony, ritt sie.

Lena schüttelte die Sprühdose erneut und sah sich um. „Schon gut, ich habe eine bessere Idee“, sagte sie. Ein grauer Apfelschimmel beobachtete sie von seiner Box aus. Samson gehörte zum Ponyhof Apfelblüte, aber Lena liebte ihn so sehr, als wäre er ihr eigenes Pony. „Schau mal, Samson. Aber komm mir nicht mit deiner Nase in die Quere.“

Sanft schob sie den Kopf des Apfelschimmels zur Seite. Dann sprühte sie ein großes, weiß schimmerndes S auf seine Boxentür.

Paulina kam näher und betrachtete Lenas Werk. „S für Samson, richtig?", riet sie.

„Perfekt!", sagte Lotte.

Juli schnalzte mit der Zunge. „Du hättest vielleicht erst meine Mutter fragen sollen, ob du auf die Tür sprühen darfst."

„Oh!“ Lena riss die Augen auf. „Daran habe ich gar nicht gedacht. Glaubst du, sie schimpft?“

In diesem Moment betrat Mrs Marle den Hof und hörte Lenas Frage. Sie sah zu Samsons Tür und lächelte.

„Sehr festlich“, meinte sie. „Warum machst du das bei den anderen Türen nicht auch?“

Während Lena sich an die Arbeit machte, lief Paulina ins Büro, um noch mehr weißes Band zu holen. Sie wollten den Ponywagen mit hübschen Schleifen schmücken. Eine Sekunde später streckte sie ihren Kopf aus dem Büro. „Ich hatte ganz vergessen, dass hier drin ein Radio steht!“, rief sie den anderen zu. „Wir sollten uns zur Einstimmung Weihnachtslieder anhören!“

Es war nicht schwer, einen Sender zu finden, der Weihnachtslieder spielte. Paulina drehte die Lautstärke auf und die Musik schallte über den ganzen Hof.

„Oh, das mag ich besonders gern“, sagte

Mia. Sie sang lauthals mit und machte die passenden Tanzbewegungen.

Lena musste lachen.

Mia liebte Theater spielen und Show machen. Ihre Begeisterung war ansteckend. Lotte und Juli sangen bald auch und Paulina drehte sich tanzend im Kreis. Hannah war immer etwas stiller als die anderen Mädchen, aber auch sie summte lächelnd mit.

Als das Lied vorbei war, nahm Mia Julis Arm und sah auf deren Uhr. „Oh, ich sollte Prinz fertig machen.“

„Ich kann dir helfen“, sagte Lena und auch Hannah bot ihre Hilfe an. Während die drei anderen Mädchen dem Ponywagen den letzten Schliff gaben, führte Lena Prinz auf den Hof und bürstete sein glänzendes kastanienbraunes Fell. Mia hatte ihn zuvor schon gründlich gestriegelt. Hannah kratzte ihm die Hufe aus und kämmte seine Mähne und den Schweif. Mrs Marle holte mit Mia das Geschirr aus der Sattelkammer und gemeinsam legten sie es Prinz an.

Als alle Schnallen geschlossen waren und sie Prinz an den Ponywagen angeschirrt hatten, half Juli Mia in einen langen Mantel aus Kunstpelz, der einer Freundin von Mrs Marle gehörte.

„Du siehst toll aus“, sagte Lotte zu Mia. „Wie eine russische Prinzessin aus einem Märchen.“

Trotz des warmen Mantels zitterte Mia.

„Zum Glück ist Prinz der Star bei dieser Parade. Im Gegensatz zu mir bekommt er kein Lampenfieber."

Lena lächelte. Sie hatte ganz vergessen, dass Auftritte vor Publikum ihre Freundin nervös machten. Hier im Stall war sie nie zurückhaltend.

„Du schaffst das", sagte Juli zu Mia. „Und wie du gesagt hast: Prinz ist heute der Star." Sie drehte sich zu den anderen um. „Lasst uns die Fahrräder holen und losfahren. Wir dürfen den Beginn der Parade nicht verpassen."

Paulina sah zu den Rädern, die an der Wand neben dem Torbogen lehnten. „Bist du sicher, dass wir mit den Rädern fahren sollen?" Ihr Blick glitt zu ihrem Pony Lancelot. Er hatte den Kopf über die halb geöffnete

Boxentür gestreckt und spitzte neugierig die Ohren. „Wieso reiten wir nicht mit den Ponys ins Dorf?“

Mrs Marle lächelte. „Darüber haben wir doch schon gesprochen, weißt du noch? Mia ist mit Prinz mehrmals ins Dorf gefahren und hat ihn an Gruppen von Menschen gewöhnt. Aber bei einer so großen Parade wie heute war er noch nie. Er wird sich sicherer fühlen, wenn ihr neben ihm herlauft. Julis Onkel wohnt am Rand des Dorfs. Er ist einverstanden, dass ihr eure Fahrräder bei ihm stehen lasst. Über fünf Ponys wäre er bestimmt nicht sehr begeistert.“

Juli nickte ungeduldig. „Und bevor du fragst“, sagte sie zu Paulina, „wir können während des Festumzugs nicht mit unseren Ponys neben Prinz herreiten, weil sie an so etwas nicht gewöhnt sind."

„Genau. Sie könnten sich erschrecken", fügte Hannah hinzu.

„Und eine Menge Chaos anstellen", sagte Lotte. Dann zuckte sie mit den Schultern. „Außerdem heißt es in *Jingle Bells*, dass der Schlitten nur von einem Pferd gezogen wird und nicht von sechs!"

Dagegen konnte auch Paulina nichts einwenden. Die Mädchen stiegen auf ihre Fahrräder, Mia nahm die Zügel auf und die ganze Gruppe setzte sich in Bewegung. Die Glöckchen an Prinz' Geschirr bimmelten leise. Lena strahlte. Es war genau wie in dem Weihnachtslied.

Die Winterparade

Der Ponyhof Apfelblüte lag auf einem Hügel am Fuße der Berge und überblickte Willow Springs. Lena fuhr meistens mit dem Fahrrad zum Hof und keuchte und schnaufte, wenn sie die steile Straße hochgestrampelt und endlich angekommen war. Bergab nach Hause zu fahren war viel leichter – und schneller. Aber heute behielt sie die Hand an der Bremse. Sie wollte nicht schneller den Hügel hinuntersausen, als Prinz lief.

Die ersten Minuten führte der Weg an Feldern vorbei. Dann tauchten die ersten Häuser auf. Je näher die Freundinnen dem Dorf kamen, desto dichter standen die Häuser.

„Das ist das Haus von meinem Onkel.“ Juli deutete auf ein Backsteinhaus mit einem kleinen, umzäunten Vorgarten. „Wahrscheinlich ist er schon bei der Parade. Er hat gesagt, dass wir die Räder einfach im Garten abstellen sollen.“

Lena und die anderen schoben die Fahrräder in den Vorgarten und lehnten sie an den Lattenzaun. Dann gingen sie schnell zurück zu Mia und Prinz, der ungeduldig mit dem Vorderhuf scharrte.

„Bist du bereit?“, fragte Paulina Mia.

Mia nickte, nahm die Zügel fest in die Hände und schnalzte ihrem Pony auffordernd zu. Lena bewunderte, wie geschickt und selbstbewusst ihre Freundin die Zügel handhabte und Prinz mit der langen Kutschpeitsche in die richtige Richtung dirigierte.

Kaum zu glauben, dass sie das Kutschfahren erst vor Kurzem gelernt hatte.

Aber ich reite ja selbst noch gar nicht so lange, dachte Lena. Was würde ich nur ohne Samson und den Ponyhof machen!

„Es fühlt sich jetzt echt wie Weihnachten an, stimmt's?“, sagte Hannah, die sich zu

Lena auf die linke Seite des Ponywagens gesellt hatte.

„Total!“ Lena drückte ihre Freundin. „Mit dem Festumzug beginnt offiziell die Adventszeit!“

Auf dem Weg zum Dorfplatz schlossen sich den Mädchen immer mehr Menschen an. Die meisten waren Zuschauer, die lauthals ihre Begeisterung über den geschmückten Ponywagen kundtaten. Andere waren kostümiert und würden wohl bei der Parade mitlaufen.

Lotte zupfte an ihrer pinkfarbenen Wollmütze. „Ich finde immer noch, dass wir auch Kostüme tragen sollten“, sagte sie.

Paulina zuckte mit den Schultern. „Niemand wird uns beachten, außer Mia und Prinz.“

„Außerdem haben wir doch unsere Weihnachtsmützen auf“, sagte Lena lächelnd. Alle fünf trugen Wollmützen mit Bommeln. Die Mützen hatten Weihnachtsmuster und waren grün, rot oder weiß. Nur Lotte hatte darauf bestanden, ihre Lieblingsfarbe Pink zu tragen. Für sie war das auch eine weihnachtliche Farbe.

Da entdeckte Lena Mrs Marle. Sie war zusammen mit ihrem Mann und Julis älterer Schwester Isabel mit dem Auto gekommen. Als Mrs Marle den Ponywagen sah, kam sie schnell zu ihnen.

„Vergesst den hier nicht“, sagte sie und hielt einen Eimer hoch. Er war gefüllt mit Bonbons, Zuckerstangen und anderem Süßkram. Lena und die anderen Mädchen schaufelten sich Süßigkeiten in die Manteltaschen. Die würden sie später an die Zuschauer verteilen. Hannahs Vater liebte Backen und hatte Plätzchen gemacht, die Mia von ihrem Sitz aus in die Menge reichen würde.

Auf dem großen Platz in der Dorfmitte war es schon ziemlich voll. Mrs Marle ging deshalb voran und bat die Leute, für den Ponywagen Platz zu machen.

„Wahnsinn!“, staunte Lotte. „Das sieht fantastisch aus!“

Lena musste ihr zustimmen. Rund um den Platz erleuchteten funkelnde Lichter Dachfirste und Laternenpfosten. Die Türen der Geschäfte waren mit roten Schleifen ge-

schmückt. Und neben dem Weidenbaum, nach dem der Ort benannt war, stand ein riesiger Weihnachtsbaum mit bunten Lichterketten.

Lena musterte die anderen Teilnehmer der Parade. Prinz war das einzige Pony, das mitmachte, aber da waren Leute auf Fahrrädern, zu Fuß und sogar ein Mann auf Stelzen. Außerdem gab es noch offene Festwagen, die mit Lichterketten, Tannenzweigen und mehr Lametta geschmückt waren, als Lena je in ihrem Leben gesehen hatte. Auf den Wagen standen kostümierte Menschen, die tanzten und winkten.

„Da!“ Juli deutete auf einen großen Mann mit Bart, der einen roten Umhang trug und einen goldenen Stab. „Ich wette, das ist *Morgen kommt der Weihnachtsmann*.“

Lena nickte. „Ich glaube, du hast recht. Welche anderen Weihnachtslieder erkennt ihr?“ Sie betrachtete die Menge auf dem Platz. „Das kleine Mädchen da drüben muss *Kling, Glöckchen, klingelingeling* sein. Sie ist wie eine kleine Glocke angezogen.“

Der Festumzug würde erst in ein paar Minuten beginnen und die Mädchen sahen sich nach weiteren Darstellungen der Weihnachtslieder um. Sie entdeckten *Schneeflöckchen, Weißröckchen* und *Der kleine Trommler*. Eine Gruppe junger Männer war

so kostümiert, dass sie zusammen wie ein geschmückter Weihnachtsbaum aussahen, passend zu *O Tannenbaum*.

Endlich verkündete der Bürgermeister – Mr Stevens, der Großvater von Lotte – den Start der Parade. Vorsichtig lenkte Mia Prinz an seinen Platz hinter einer Gruppe, die wie der Weihnachtsmann und seine Wichtel verkleidet war, und dann setzte sich der Festumzug langsam in Bewegung. Die

Menge brach in Jubel aus. Prinz schnaubte und riss den Kopf hoch.

„Alles okay mit ihm?“, fragte Hannah Mia.

„Ich bin nicht sicher, der Krach scheint ihn etwas nervös zu machen.“ Mia klang selbst ein bisschen nervös. Lena sah, dass sie die Zügel krampfhaft umklammerte.

„Das wird schon werden.“ Mrs Marle trat dichter an den Wagen heran. „Lass die Zügel etwas lockerer. Hannah und Lena, geht bitte rechts und links neben Prinz her. Er kennt euch. Wenn er euch sieht, wird ihm alles vertrauter vorkommen.“

Hannah nickte. Sie und Lena nahmen ihre Plätze ein. „Wir können auch mit ihm reden“, schlug sie vor. „Brav, Prinz. Wir sind hier bei dir. Alles ist gut.“

„Ja, genau“, meinte Lena und gab ihm

einen beruhigenden Klaps auf den Hals. „Das macht Spaß! Du musst dich nur entspannen und es genießen."

Die Ohren des Ponys zuckten aufmerksam hin und her. Dann schnaubte Prinz und senkte ein wenig den Kopf.

„So ist es besser", sagte Mrs Marle. Sie blieb bei ihnen, um Mia zu helfen, den Wagen durch die schmalen Straßen zu lenken. Prinz beruhigte sich. Es schien ihm sogar Spaß zu machen, die Zuschauer zu beobachten.

„Das ist so toll", sagte Lena zu Hannah. Sie warf einem Jungen einen Bonbon zu und er jubelte, als er ihn fing.

„Ja, ich fühle mich wie der Weihnachtsmann“, sagte Hannah kichernd. „Sieh mal! Da ist Lottes Familie.“

Lottes Eltern standen auf dem Bürgersteig, sie trugen Lottes Geschwister, die Zwillinge Andrea und Nikolas, auf dem Arm.

Paulina sah sie auch. „Oh, die beiden sehen in ihren rot-weißen Schneeanzügen so süß aus!“

Lena konnte Lottes Antwort nicht verstehen, denn gerade hatte sie ihre eigene Mutter in der Menge entdeckt. Eric Gelburg stand neben Mrs Kennet. Die beiden waren seit einer Weile ein Paar. Zwischen ihnen saß Erics junger Labrador, Simba. Lena erinnerte sich, dass der Hundetrainer Simba mit zur Parade nehmen wollte, um den jungen Hund an größere Menschenmengen, Lärm und Lichter zu gewöhnen.

„Hallo!“, rief Lena und winkte den dreien zu.

„Hallo, Simba!“

Simba spitzte die Ohren, als er Lena entdeckte. Er bellte und stürzte vorwärts, dabei riss er seinem Besitzer die Leine aus der Hand.

„Simba, nein!“, rief Eric und hechtete hinterher. „Stopp!“

Lena hielt die Luft an. Sie hatte Angst, dass der bellende Hund Prinz erschreckte. Aber das Pony blieb einfach stehen, senkte den Kopf und stupste Simba mit der Nase an.

Mia lachte. „Ich glaube, sie schließen gerade Freundschaft“, sagte sie. „Vielleicht sollte Simba sich zu mir setzen? Er wäre ein sehr niedlicher Weihnachtswichtel.“

Lena griff nach Simbas Leine und Paulina lief zu Mr Gelburg und fragte ihn, ob Simba mit auf dem Ponywagen fahren durfte. Kurze Zeit später saß der junge Hund neben Mia auf dem Kutschbock. Juli band ihm ein rotes Schleifenband um den Hals.

„Perfekt!", sagte sie und streichelte sein goldenes Fell.

Lena lächelte. „Sei brav, Simba, okay?"

Der Festumzug wand sich quer durch das Städtchen, bis er wieder auf den großen Platz kam. Dort wurden Fotos von den Teilnehmern mit dem Bürgermeister gemacht und die Ladenbesitzer verteilten heißen Kakao und Gewürzplätzchen.

„Du bekommst auch ein Stück, Prinz", sagte Mia und gab ihm ein Plätzchen.

Lena sah lächelnd zu. Sie war so durch

und durch glücklich, wie es nur an Weihnachten möglich war. Mias Wangen waren von der Kälte gerötet. Ihre Locken kringelten sich auf dem Pelzkragen. Prinz' Augen glänzten und sein Fell schimmerte in der Festbeleuchtung.

„Ihr zwei seht wunderschön aus", sagte Lena grinsend. „Wie eine Weihnachtskarte!"

Aufregende Neuigkeiten

Am Tag nach dem Festumzug war es sehr kalt. „Brr!“, sagte Lena frierend, als sie auf den Hof kam. Sie hatte ihren dicken Daunenmantel an. „Es ist eiskalt und trotzdem schneit es nicht, das ist so unfair.“

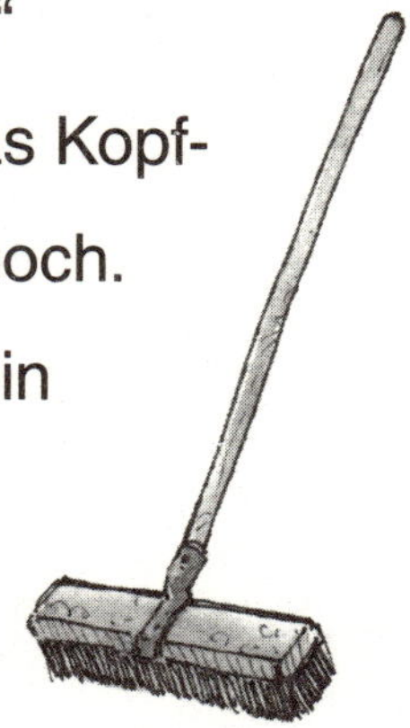

Lotte und Juli fegten gerade das Kopfsteinpflaster. Lotte sah lächelnd hoch. „Finde ich auch“, sagte sie. „Ich bin erst seit zwanzig Minuten hier, aber meine Zehen sind schon ganz taub.“ Sie stampfte mit ihren Stiefeln mit den pinkfarbenen Schnürsenkeln kräftig auf dem Boden auf.

Hannah streckte den Kopf aus einer Box.

„Ich weiß, wie wir uns aufwärmen können", sagte sie. Ihre blauen Augen funkelten. „Mit einem Ausritt!"

„Das klingt super", meinte Lena.

Juli nickte. „Ich frage Mama."

Eine halbe Stunde später waren die vier Freundinnen mit ihren Ponys auf dem Weg in den Wald, der am Ende der Wiese hinter den Ställen begann. Lena ritt wie immer auf Samson. Sein Winterfell war dick und struppig, er sah aus wie ein niedlicher grauer Bär. Hannah ritt auf ihrem Lieblingspony, einer braven Stute namens Rapunzel. Im Sommer glänzte ihr Fell dunkelgolden, aber ihr Winterfell war heller und hatte eher die Farbe einer blassen gelben Primel. Lotte ritt auf ihrem eigenen Pony, dem Wallach Goldstück, und Juli natürlich auf ihrem Liebling

Smartie, dem lebhaften kastanienbraunen Pony.

„Uff!“, stöhnte Lotte, als eine eisige Windböe ihnen in die Gesichter blies. Die Ponymähnen wurden vom Wind zerzaust und die Mädchen zitterten, obwohl sie dicke Pullover und warme Mäntel trugen. „Hier draußen ist es ja wie in der arktischen Tundra.“

Lena kicherte. „Wir sollten ein Stück traben“, schlug sie vor. „Im Wald ist es dann bestimmt weniger windig.“

„Gute Idee“, stimmte Hannah zu. „So wird den Ponys schneller warm.“

„Und uns ebenfalls“, sagte Juli. Sie schnalzte Smartie zu, der sich in Trab setzte. Goldstück trabte los, ohne dass Lotte ihn auffordern musste.

Lena drückte die Beine an Samsons

Bauch und folgte automatisch dem Auf und Ab der schnelleren Gangart. Dem Apfelschimmel schien es zu gefallen, schneller zu laufen, er warf den Kopf hoch und schnaubte eine große weiße Atemwolke aus.

Lena blickte sich um. Hannah und Rapunzel waren direkt hinter Samson und ihr. Das

überraschte sie, denn die kleine Stute war manchmal etwas faul und langsam. Hannah hatte oft Mühe, den anderen mit ihr zu folgen. Aber heute musste Lenas Freundin die Stute sogar etwas bremsen.

„Rapunzel hat heute richtig Lust!“, rief Lena ihrer Freundin zu.

Hannah nickte. „Vielleicht hat sie beschlossen, mir ein Weihnachtsgeschenk zu machen, und lässt mich nicht mehr so hart mit den Beinen arbeiten“, scherzte sie.

Juli sah sich zu ihnen um. „Hat da jemand etwas von Weihnachtsgeschenken gesagt?“, fragte sie. „Ich hätte nichts dagegen, wenn jemand Mama und Papa stecken würde, dass sie mir ein neues Turnier-Jackett kaufen sollen. Ich bin es leid, immer Isabels abgelegte Klamotten anziehen zu müssen.“

„Ich wünsche mir eine neue Stalldecke für Goldstück“, erzählte Lotte.

Hannah grinste. „Eine pinkfarbene, oder?“

„Mit Glitzer“, fügte Lena fröhlich hinzu.

Lotte streckte ihnen die Zunge raus. „Also eigentlich dachte ich, Rot und Gold würden ihm gut stehen“, sagte sie. „Was ist mit euch beiden? Welchen Ponykram wünscht ihr euch?“

„Es gibt ein neues Buch über *Natürliche Reitkunst*, das ich gerne hätte“, antwortete Hannah.

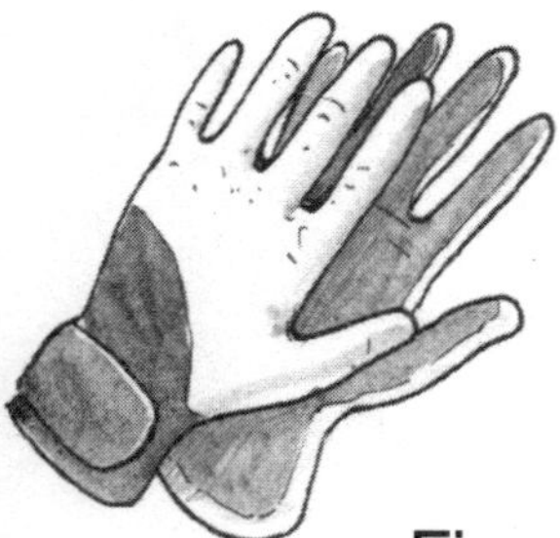

„Ich könnte dickere Reithandschuhe gebrauchen“, sagte Lena. „Gerade jetzt spüre ich nämlich meine Finger kaum noch.“

Lotte lachte. „Guter Wunsch“, sagte sie.

„Und was ist mit Samson? Ich glaube, wir sollten ihm ein Horn mit Gummiband schenken, das er auf der Stirn tragen kann. Er sieht jetzt schon wie ein Einhorn aus, also können wir es auch perfekt machen."

Lena lachte. „Okay, aber ich weiß nicht, ob er sich darüber freuen würde", sagte sie. „Er hätte bestimmt lieber einen Zwei-Kilo-Sack Minzbonbons."

„Smartie nicht", sagte Juli. „Minzbonbons sind ihm zu gewöhnlich. Er hätte lieber Apfelstücke mit Karamellguss."

Während des ganzen Ausritts war es kalt, aber sie hatten so viel Spaß, dass es Lena nichts ausmachte. Und als sie auf den Hof zurückkamen, war den Ponys unter den Sätteln sogar richtig warm geworden.

Mrs Marle kam zum Apfelbaum auf dem

Hof, während die Mädchen noch mit dem Absatteln beschäftigt waren. Sie strich mit der Hand über Goldstücks Rücken.

„Die Ponys sind verschwitzt", stellte sie fest. „Wascht sie gründlich mit dem Schwamm ab, bevor ihr ihnen die Decken überlegt. Aber macht sie nicht zu nass."

Lena blinzelte. „Wie sollen wir sie denn nicht nass machen, wenn wir sie abwaschen?"

„Wir müssen die Schwämme sehr gut ausdrücken, bis fast kein Wasser mehr drin ist", erklärte Hannah.

Mrs Marle nickte. „Genau. Ihr wischt den Schweiß ab, ohne zu viel neue Feuchtigkeit zu verteilen", sagte sie. „Sonst kühlen sie bei der Kälte zu schnell ab und das könnte sie krank machen."

„Okay, das ergibt Sinn“, sagte Lena. Sie war immer wieder erstaunt darüber, wie viel es über die Ponypflege zu lernen gab.

Eine Weile später waren die vier Ponys sauber und standen zugedeckt im Stall. Es wurde schon dunkel und Hannah sah auf die Uhr.

„Deine Mutter müsste gleich da sein, um uns abzuholen“, sagte sie zu Lena. „Lass uns draußen auf sie warten.“

Lena nickte. Doch Hannah und sie hatten erst wenige Schritte Richtung Torbogen gemacht, als Mrs Kennet mit roten Wangen und flatterndem Mantel auf den Hof gelaufen kam.

„Hallo, Mama“, begrüßte Lena sie. „Wir wollten gerade …“

„Ist hier irgendwo ein Radio?“, unterbrach

ihre Mutter sie. „Wenn ja, dann schaltet es an, schnell. Den Lokalsender!“

Lotte rannte in die Sattelkammer und holte das alte Radio heraus.

Lena sah ihre Freundinnen verwirrt an. Was sollten sie sich anhören?

„Wechseln wir ein paar Worte mit der Regisseurin dieser ganz besonderen Weihnachtsaufführung“, sagte der Sprecher, als Lotte den Ton aufdrehte. „Miss Sarah Martin, willkommen. Warum haben Sie sich für das Märchen Aschenputtel entschieden?“

Als Nächstes war eine Frauenstimme zu hören. Sie klang freundlich und begeistert. „Danke, dass ich heute hier sein darf. Ich dachte, das Stück ist bei Schauspielern und

Zuschauern gleichermaßen beliebt und ganz besonders in der Weihnachtszeit“, sagte sie. „Die Aufführung wird in einem Zirkuszelt stattfinden, damit wir auch genug Platz für die tierischen Darsteller haben.“

„Verstehe“, sagte der Reporter. „Haben Sie schon alle Rollen besetzt oder fehlen Ihnen noch Darsteller?“

„Ich bin froh, dass Sie fragen“, sagte Sarah

Martin. „Ich brauche tatsächlich noch vier Feen auf Ponys, die die Gute Fee begleiten, die auf einem wunderschönen weißen Pferd reiten wird. Ein weiteres Pony soll außerdem die Kürbiskutsche zum königlichen Ball ziehen."

„Aha!", sagte der Reporter. „Wie gut, dass wir in einer so ponyfreundlichen Gegend leben, nicht wahr?"

„Ja, stimmt", sagte Sarah Martin lachend. „Das weiße Pferd und das Kutschpony haben wir schon gefunden, aber uns fehlen noch vier Ponys und Reiterinnen für die Rollen der Feen. Die Ponys sollten gut miteinander auskommen und in der Manege dicht nebeneinander laufen können. Außerdem sollten sie ungefähr gleich groß sein und natürlich hübsch!"

„Wunderbar“, sagte der Reporter. „Vielleicht hört gerade jemand zu, der da helfen könnte …“

Er sprach weiter und stellte noch mehr Fragen zu der Aufführung. Aber Lena und ihre Freundinnen hatten sich alle zu Mrs Marle umgedreht und starrten sie an.

„Mama“, sagte Juli. „Hast du das gehört?“

„Unsere Ponys wären perfekt!“, sagte Lotte.

Lena sah von Mrs Marle zu ihrer Mutter, zu ihren Freundinnen und wieder zu Mrs Marle. Plötzlich wünschte sie sich nur noch eins zu Weihnachten. „Dürfen wir zum Vorreiten gehen?“, bat sie.

Wer macht mit?

Lena hielt die Luft an und beobachtete Mrs Marles Gesicht. Sogar ihre Mutter schien darauf zu brennen, was die Ponyhofbesitzerin sagen würde.

Einen Moment lang sagte Mrs Marle jedoch gar nichts. Sie stand nur da, rieb sich das Kinn und sah nachdenklich aus. Schließlich lächelte sie. „Warum nicht?“, sagte sie. „Aschenputtel ist eines meiner Lieblingsmärchen. Und es wäre toll, euch Mädchen dabei zuzusehen.“

Lena und ihre Freundinnen jubelten laut. „Das wird fantastisch!“, rief Juli.

Lotte griff nach Hannahs Armen und

drehte sich mit ihr im Kreis. „Wir werden Stars!“, jubelte sie.

„Eine Sekunde mal“, sagte Mrs Marle und hob die Hand. „Wir wissen nicht, ob ihr tatsächlich für die Rollen genommen werdet.“

„Das stimmt“, fügte Mrs Kennet hinzu. „Ihr müsst erst vorreiten.“

„Klar.“ Lena zuckte mit den Schultern. „Das wissen wir. Aber selbst das wird Spaß machen.“

Juli nickte. „Außerdem, wer kann unseren großartigen Ponys schon widerstehen?“

„Wir werden sehen.“ Mrs Marle versuchte, keine Miene zu verziehen, aber dann stahl sich doch ein Lächeln auf ihr Gesicht. „Ich rufe mal an und erkundige mich nach dem Vorreiten.“

„Hurra!“ Lotte boxte in die Luft. „Das wird supercool!“

Juli tänzelte triumphierend auf der Stelle. „Ich wusste schon immer, dass ich mal ein Star werde.“ Sie grinste. „Und Smartie auch.“

Sie unterhielten sich noch immer aufgeregt über das Stück und die Proben, als Mia und

Paulina den Hof betraten. „Hallo, Mrs Kennet“, sagte Paulina. „Ich glaube, Sie haben Ihren Motor laufen lassen.“

Mia betrachtete die Mädchen. „Was ist denn los?“

Paulina lächelte. „Sie sind erleichtert, dass wir endlich da sind, um uns um unsere Ponys zu kümmern“, scherzte sie. „Ich bin nicht schuld. Mia hat ewig gebraucht, um die richtigen Handschuhe auszuwählen.“

Mia stupste sie an. „Sei still“, befahl sie. „Irgendetwas ist hier los, ich fühle es. Was ist es?“

Lena, Juli und Lotte erklärten es ihnen abwechselnd und fielen sich immer wieder aufgeregt ins Wort. Wie immer sagte Hannah nur wenig. Aber sie grinste und nickte zustimmend.

Als Mia und Paulina endlich begriffen, um was es ging, waren sie sofort genauso begeistert wie der Rest. „Das ist so cool“, sagte Paulina.

„Schade, dass sie schon ein Kutschpony gefunden haben“, sagte Mia. „Prinz wäre genau der Richtige.“

„Darf ich mit Lancelot auch zum Vorreiten gehen?“, fragte Paulina Mrs Marle. „Er war schon auf so vielen Turnieren. Er ist es gewohnt, im Mittelpunkt der Aufmerksamkeit zu stehen.“

Mrs Marle hob um Ruhe bittend die Hände. „Wir sprechen morgen darüber, einverstanden?“, sagte sie lächelnd. „Kommt morgen früh, nachdem ich mit der Regisseurin gesprochen habe, dann machen wir Pläne."

Als die sechs Mädchen erneut zu jubeln begannen, lächelte die Hofbesitzerin warnend. „Versucht, euch nicht zu sehr zu freuen. Es könnte schließlich sein, dass ihr die Rollen nicht bekommt."

„Doch, werden wir", versprach Lena. In ihrem Kopf rasten die Gedanken. Denn Juli hatte recht: Wer konnte den Ponys vom Ponyhof Apfelblüte schon widerstehen?

Eric Gelburg kam zum Abendessen. Er hatte angeboten, eines ihrer Lieblingsgerichte zu kochen: Würstchenauflauf mit Klößen und Apfelsoße.

„Ist mit dem Essen alles in Ordnung,

Lena?“, fragte Eric nach ein paar Minuten. „Es ist doch nicht zu heiß, oder? Du hast noch nicht viel gegessen.“

Lena blinzelte und blickte auf ihren Teller. „Oh, entschuldige“, sagte sie und pikste einen großen Bissen Auflauf mit der Gabel auf. „Es ist köstlich, wie immer. Ich muss nur dauernd an morgen denken.“

Ihre Mutter und Eric warfen sich einen belustigten Blick zu. Lena hatte ihm schon alles über das Vorreiten erzählt.

„Versuche, dir nicht allzu große Hoffnungen zu machen“, sagte Mrs Kennet zu Lena. „Wahrscheinlich werden viele Reiter mit ihren Ponys zu dem Vorreiten kommen.“

„Ja, sicher.“ Lena spießte ein Würstchen auf. „Aber auf wie vielen Ponyhöfen gibt es vier Ponys und Reiterinnen, die zusammenpassen und auf dem Platz ruhig zusammen reiten?"

Sie holte mit der Hand aus, um ihr Argument zu untermalen. Dabei vergaß sie, dass sie die Gabel in der Hand hielt. Das Würstchen flog durch die Luft.

Simba bemerkte das natürlich sofort. Er sprang auf, raste herüber und schlang das Würstchen hinunter, bevor Lena es verhindern konnte.

„Tut mir leid", sagte sie zu Eric, der sich ein Grinsen nicht verkneifen konnte.

Am nächsten Morgen war es noch kälter als am Tag zuvor. Lenas Mutter fuhr sie und Hannah zum Ponyhof. Als die beiden den

Hof betraten, waren die anderen vier schon da. Paulina und Juli schaufelten verschmutztes Stroh aus zwei Boxen, Mia schrubbte Wassereimer und Lotte schob eine Schubkarre zum Misthaufen.

Mia entdeckte Hannah und Lena als Erste. „Da seid ihr ja endlich!“, rief sie. „Helft uns beim Saubermachen. Dann proben wir für das Vorreiten.“

Juli drehte sich zu ihnen um. „Ja, Mama hat das mit der Regisseurin abgesprochen“, sagte sie mit strahlenden Augen. „Sie kommt übermorgen her, um uns reiten zu sehen. Aber wir müssen zuerst noch entscheiden, welche vier Ponys und Reiterinnen geeignet sind.“

„Oh.“ Darüber hatte Lena noch gar nicht nachgedacht. Es wurden nur vier Ponys gebraucht – aber es gab sechs Mädchen, die gerne mitmachen wollten. Ob Samson und sie dabei sein würden?

Während der Stallarbeit hatte sie nicht viel Zeit, weiter darüber nachzudenken, und dann musste sie Samson striegeln und satteln. Auch die anderen machten ihre Ponys fertig. Lotte und Paulina ritten auf ihren eigenen Ponys, Goldstück und Lancelot. Hannah ritt wie immer auf Rapunzel und Mia auf Aska. Juli bildete mit Smartie ein Paar.

Kurz darauf wärmten sich alle sechs Pärchen auf dem Reitplatz hinter den Ställen auf. Sie ritten wie bei einer Reitstunde im Schritt, Trab und Galopp in beide Richtun-

gen. Dann wollte Mrs Marle, dass sie in Formation ritten. Das würde bei der Aschenputtel-Aufführung auch verlangt werden.

„Drei vorne und drei direkt dahinter“, erklärte sie. „Trabt über den Platz, dann lenkt nach links und reitet im Schritt die lange Bahn.“

In den nächsten Minuten folgten die Mädchen ihren Anweisungen. Lena gab ihr Bestes, um genau das zu machen, was Mrs Marle verlangte, und Samson reagierte sehr gut auf ihre Hilfen. Lotte hatte mehr Mühe. Goldstück wich den anderen Ponys aus, wenn sie ihn zu nah zu ihnen steuerte. Mrs Marle bat sie, am Gatter zu warten, während die anderen weitermachten.

„Goldstück steht in der Rangfolge der Herde auf einem niedrigen Posten“, erklärte

Mrs Marle Lotte. „Er ist daran gewöhnt, herumgeschubst zu werden, deshalb mag er es nicht, wenn er den anderen zu nahe kommt."

„Armer Kerl." Lotte gab ihrem Pony einen aufmunternden Klaps. „Vermutlich wird er dann auch nicht mit ihnen in der engen Manege sein wollen."

Lena warf ihrer Freundin einen tröstenden Blick zu. Lotte sah zuerst ein bisschen enttäuscht aus, aber dann unterstützte sie die anderen mit aufmunternden Rufen, während die Übung weiterging.

Goldstück war nicht der Einzige, der Probleme hatte. Aska mochte Lancelot nicht und versuchte jedes Mal, wenn er in der Nähe war, ihn zu beißen. Und Smartie war so zappelig und übereifrig, dass er den anderen immer mehrere Schritte voraus war, obwohl Juli sich wirklich Mühe gab, ihn zu zügeln.

Dann bat Mrs Marle alle, stehen zu bleiben. „Samson, Rapunzel und Lancelot machen das zusammen sehr schön“, sagte sie. „Aber ein Pony brauchen wir noch. Juli, würdest du bitte Sternchen holen und es mit ihr versuchen?“

Lena sah überrascht zu Hannah. Das war eine gute Idee. Sternchen war eine hübsche graue Stute, die vor einem Jahr ein Fohlen bekommen hatte. Surprise war inzwischen entwöhnt und Juli und Isabel ritten regelmäßig auf Sternchen, damit sie wieder in Form kam. Lena freute sich darauf zu sehen, was die süße Stute alles konnte.

Als Juli zurückkam, machten sie weiter. Sternchen war nicht so selbstsicher wie die

anderen Ponys, aber sie war ruhig, und die anderen schienen nichts dagegen zu haben, dass sie sich zu ihnen gesellt hatte. Jetzt waren sie also zu viert!

„Tut mir leid, dass ihr zwei nicht mitmachen könnt“, sagte Lena zu Lotte und Mia, als sie die Ponys zurück auf den Hof führten.

Lotte zuckte mit den Schultern. „Schon gut“, sagte sie. „Wir können ja trotzdem als Stallmädchen mitkommen.“

„Stimmt“, sagte Mia grinsend. „Außerdem bekomme ich auf diese Weise kein Lampenfieber!“

Tag der Entscheidung

Als Lena zwei Tage später Samsons struppiges Fell striegelte, fühlte sie sich, als würden in ihrem Magen Schmetterlinge flattern. Heute war die große Probe, das Vorreiten für die Märchenaufführung.

Mrs Marle hatte ihnen erzählt, dass die Regisseurin auch andere Ponyhöfe besuchen würde, um sich dort Ponys und Mädchen anzusehen. Das war viel praktischer, als alle Reiterinnen zum Vorreiten ins Zirkuszelt einzuladen.

Lena sah sich nach ihren Freundinnen um. Juli, Hannah und Paulina waren mit ihren Ponys beschäftigt. Lotte half mit und trennte

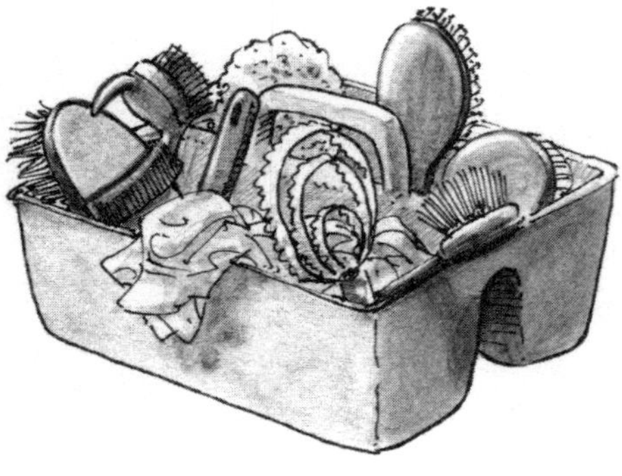

die zotteligen Knoten in Samsons Schweif. Mia kratzte Sternchens Hufe aus.

„Lancelots Fell ist so lang, er sieht aus wie ein Yak!“, stöhnte Paulina, während sie getrockneten Matsch aus seiner Mähne bürstete.

„Das ist doch nicht schlimm. Mit ihrem Winterfell sehen die Ponys besonders niedlich aus“, sagte Hannah lächelnd. In der kalten Luft bildete ihr Atem kleine weiße Wölkchen.

„Von wegen niedlich und so, ich finde, wir hätten uns als Feen verkleiden sollen“, meinte Juli.

Lena zuckte mit den Schultern. „Deine Mutter will aber, dass wir uns auf die Ponys konzentrieren und warm genug angezogen sind“, erinnerte sie Juli. Sie betrachtete ihre cremefarbene Reithose und den roten Pullover, die zur Kleidung der anderen drei Mädchen passten. „Außerdem leihen sie uns bestimmt Kostüme, wenn wir die Rollen bekommen.“

„Du meinst, wenn wir die Rollen haben.“ Paulina grinste und zwinkerte. „Immer positiv denken, das sagt jedenfalls mein Tennislehrer immer.“ Sie zitterte. „Schon seltsam. Ich bin viel nervöser als vor einem Tennisspiel oder einem Springturnier.“

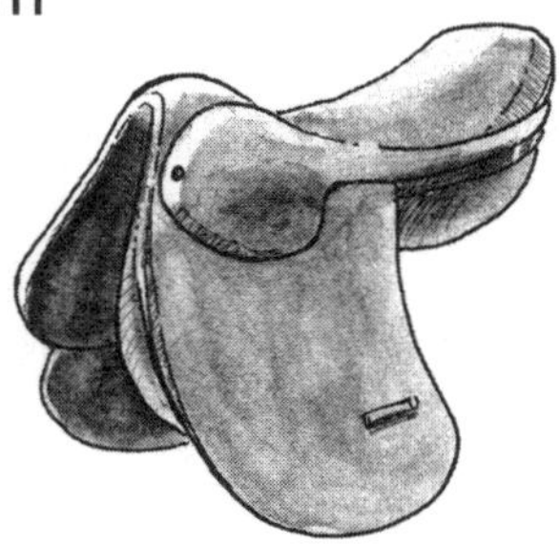

„Ich auch“, gab Lena zu. „Obwohl ich ja noch nicht bei so vielen Turnieren gewesen bin wie ihr.“

„Also, keine von uns hat so etwas wie

heute schon mal gemacht.“ Juli kämmte ein letztes Mal durch Sternchens Mähne. „Okay, lasst uns die Ponys satteln, dann haben wir noch genug Zeit, um sie aufzuwärmen, bevor die Regisseurin kommt.“

Kurz darauf waren die vier Reiterinnen mit

ihren Ponys auf dem Reitplatz. Mia und Lotte lehnten am Zaun und gaben ihnen Anweisungen zum Aufwärmen, weil Mrs Marle im Hof geblieben war und dort auf die Regisseurin wartete. Lena forderte Samson zu mehreren Runden im Schritt auf, dann wechselte sie in Trab. Hannah und Paulina machten es ebenso. Juli war mit Sternchen auf die andere Seite des Platzes geritten, wo sie etwas mehr Ruhe hatten. Die Stute sollte richtig aufmerksam sein, bevor Juli schneller mit ihr ritt.

Schließlich waren alle vier Ponys bereit, um in der Formation zu reiten.

„Was genau sollen wir denn machen?“, fragte Paulina. Sie ließ Lancelot in der Mitte des Platzes anhalten. „Dieselben Übungen wie gestern?“

Juli kaute auf ihrer Lippe. „Ich dachte eigentlich, die Regisseurin sagt uns, was wir machen sollen, aber vielleicht tut sie das gar nicht", meinte sie. „Wir hätten uns eine Kombination ausdenken sollen."

„Dann überlegen wir uns eben jetzt eine", sagte Hannah. Sie war viel ruhiger als die anderen, deshalb war sie plötzlich auch weniger aufgeregt.

„Okay, und welche?" Juli sah sich um. „Es wäre doch beeindruckend, wenn wir hereingaloppieren und dann in der Mitte anhalten."

„Was?", quiekte Lena. „Hereingaloppieren? Das haben wir doch gar nicht geübt."

„Ich habe an etwas Einfacheres gedacht", mischte Hannah sich ein. „Samson und Lancelot sind schneller als Rapunzel und selbstsicherer als Sternchen. Die beiden könnten vorne laufen und wir zwei dahinter." Sie sah zu Juli. „Wir könnten im Schritt und Trab im Kreis reiten, dann geradeaus an der Bahn entlang und zum Schluss noch eine Acht."

„Das klingt ziemlich gut", stimmte Paulina zu.

Juli zuckte mit den Schultern. „Ja, schon", sagte sie. „Aber wir sollten auch einen Halt vorführen. Den könnten wir in der Mitte der langen Bahn machen."

Lena zwinkerte Hannah zu. Juli hatte gerne das letzte Wort.

Aber es war tatsächlich keine schlechte Idee. Die anderen waren einverstanden.

„Super Idee, Juli", sagte Paulina. „Damit können wir beweisen, dass wir gleichzeitig anhalten können, ohne ineinander zu krachen."

Sie konnten die Kombination nur ein einziges Mal ausprobieren, dann stieß Mia einen Pfiff aus. „Sie kommen!", rief sie.

Mrs Marle kam in Begleitung einer großen Frau mit rotblondem Haar zum Reitplatz.

„Stellt euch auf", zischte Lena. „Wir machen einen besseren Eindruck, wenn wir von Anfang an ordentlich dastehen."

Lena nickte. In ihrem Körper kribbelte es vor Nervosität. „Wir schaffen das, Samson", flüsterte sie dem Apfelschimmel zu, als sie ihn neben Paulina und Lancelot lenkte.

Mrs Marle stellte die Regisseurin, Sarah Martin, vor, die lächelte und winkte. „Was für hübsche Ponys!“, rief sie und lehnte sich über den Zaun. „Ich bin gespannt, was ihr mir zeigen wollt.“

Juli nickte. „Wir haben eine einfache Kombination vorbereitet“, antwortete sie und drehte sich zu den anderen um. „Dann mal los!“

Die Mädchen starteten, wie sie es geplant hatten. Lena konzentrierte sich darauf, Samson immer an Lancelots Seite gehen zu lassen. Ihr Atem kam in kleinen Wölkchen aus ihrem Mund.

Der Kreis im Schritt klappte gut. Als sie in den Trab wechselten, kam Samson Lancelot etwas zu nah und die Steigbügel der Mädchen stießen scheppernd gegeneinander. Lena verzog das Gesicht und hoffte, dass Sarah Martin es nicht gehört hatte.

Zum Glück schien es die Ponys nicht gestört zu haben. Samson rückte wieder etwas zur Seite, ohne dass Lena ihn dazu auffordern musste. Puh!

In der Kurve warf Lena einen schnellen Blick nach hinten, um zu sehen, wie es den beiden anderen erging. Hannahs Wangen waren gerötet. Lena wusste, dass es für ihre Freundin anstrengend war, Rapunzel zu gleichmäßig schnellem Trab anzutreiben. Bisher schien es ihr aber zu gelingen.

Dann war es auch schon Zeit für den Halt in der Mitte der Bahn. Samson blieb sofort stehen, als Lena ihn dazu aufforderte. Lancelot auch, allerdings machte er noch einen Schritt nach vorn und warf den Kopf hoch. Hinter sich hörte Lena Juli flüstern: „Ruhig, ruhig!“ Sternchen zappelte wahrscheinlich ein bisschen, wie sie es gestern auch gemacht hatte.

Alle vier Ponys schritten brav wieder los, als es weiterging. Und die Acht war die beste, die sie je geritten waren. Schließlich blieben sie gegenüber von den Zuschauern stehen. Mia und Lotte jubelten laut. Mrs

Marle sah zufrieden aus und Sarah Martin lächelte und klatschte.

„Bravo!“, rief Miss Martin. „Sehr beeindruckend, Mädchen. Ich werde heute noch einen anderen Ponyhof besuchen, aber ich lasse euch meine Entscheidung so schnell wie möglich wissen.“

Der Rest des Tages verging kriechend langsam. Lena und ihre Freundinnen lungerten auf dem Hof herum, solange es ging. Sie hofften, dass die Regisseurin anrief, bevor sie nach Hause mussten. Aber nachdem sie jede Box gesäubert, das Futter für das

Abendessen gemischt, die Decken der Ponys kontrolliert und alles andere gemacht hatten, das ihnen einfiel, gaben sie sich geschlagen und fuhren nach Hause.

Als Lena hereinkam, saß ihre Mutter umgeben von Schachteln, Schleifenband und Geschenkpapier auf dem Boden vor dem Kamin. Sie sah lächelnd zu Lena hoch.

„Ah, ich habe gerade rechtzeitig deine Geschenke verpackt“, sagte sie zwinkernd und deutete auf einen kleinen Stapel bunter Päckchen. „Magst du mir mit den restlichen helfen?“

„Gerne.“ Lena zog ihre Stiefel aus und kniete sich neben ihre Mutter. Die Wärme des Feuers war nach dem kalten Tag im Freien sehr angenehm. Während sie Geschenke für Freunde, Nachbarn und die Familie einpackten, erzählte Lena vom Vorreiten.

Als sie fertig war, nickte ihre Mutter. „Klingt so, als hättet ihr Spaß gehabt und euer Bestes gegeben“, sagte sie. „Darauf könnt ihr stolz sein, egal, wie sich die Regisseurin entscheidet.“

„Du hast wahrscheinlich recht.“ Lena zuckte mit den Schultern. „Aber es wäre noch besser, wenn sie sich wirklich für uns entscheidet.“

Mrs Kennet lachte. „Das stimmt. Aber jetzt könnt ihr nur abwarten, oder?“

Lena nickte und versuchte, nicht mehr an das Vorreiten zu denken. Zum Glück liebte sie es, Weihnachtsgeschenke einzupacken. Es machte ihr Spaß, für jedes Geschenk das passende Papier, das Schleifenband und einen Namensanhänger auszuwählen. Besonders viel Mühe gab sie sich beim Einwickeln der Krawatte mit dem Ponymuster, die sie für ihren Vater ausgesucht hatte. Er lebte in der Stadt, etwa eine Stunde entfernt. Lena war sich sicher, dass ihm die Krawatte gefallen würde.

Eine halbe Stunde später band sie gerade eine Schleife um das Geschenk für ihre Nachbarin Mrs Kraft, als das Telefon klingelte.

Lena sprang auf. „Oh, ich trau mich nicht

dranzugehen“, sagte sie. „Kannst du das machen, Mama?“

Mrs Kennet nahm den Anruf entgegen. Sie hörte kurz zu, dann grinste sie. „Lena, es ist Mrs Marle“, sagte sie. „Sie hat tolle Neuigkeiten. Miss Martin hat sich für euch entschieden! Die Reiterinnen vom Ponyhof Apfelblüte werden bei der Theateraufführung mitmachen!“

Probe ohne Ponys

Die erste Theaterprobe war zwei Tage später. Mrs Marle hatte ihnen mitgeteilt, dass die Ponys beim ersten Probedurchlauf zu Hause bleiben würden.

„Heute lernt ihr die anderen kennen, schaut euch den Aufführungsort an und erfahrt mehr über eure Rolle im Stück", erklärte sie, während sie ihren Minibus die gewundene Bergstraße hochlenkte, die zwischen Willow Springs und dem benachbarten Tal lag. „Ihr werdet wohl auch eure Kostüme anprobieren, glaube ich. Morgen nehmen wir dann die Ponys mit."

„Das wird so ein Spaß!", freute Mia sich.

Sie und Lotte waren zum Zuschauen mitgekommen. „Das Beste ist, dass ich nicht mitmache! Also muss ich auch nicht aufgeregt sein.“

Paulina lachte. „Sag das nicht ständig“, bat sie. „Sonst bekomme ich noch dein Lampenfieber.“

Juli sah aus dem Fenster. „Ich glaube, ich

habe das Zelt gesehen. Oh, Wahnsinn! Es ist echt riesig."

Lena lehnte sich zu ihr herüber. Sie fuhren gerade in das Tal hinunter. Weiter hinten war ein Dorf, davor lag eine sehr große Wiese. Genau in der Mitte stand ein grün-rot gestreiftes Zelt. Als sie sich näherten, entdeckten sie außerdem mehrere kleinere weiße Zelte. Einige Autos parkten daneben im Gras.

Lotte presste die Nase gegen die Fensterscheibe. „Es ist niemand zu sehen", sagte sie. „Ist heute wirklich der richtige Tag?"

„Es ist kalt draußen", erinnerte Juli sie. „Wahrscheinlich sind alle im Zelt."

Mrs Marle, Lena und die anderen Mädchen stiegen aus dem Kleinbus und schoben sich durch den schweren Vorhang am Eingang, der das Zeltinnere vor der Kälte draußen schützte. Im Zelt wimmelte es von Leuten mit Textblättern, Kostümen, Requisiten, Bühnenbildern und Scheinwerfern. In der Mitte befand sich die Manege, wie in einem ganz normalen Zirkuszelt. Auf drei Seiten war sie von ansteigenden Stuhlreihen umgeben. Auf der vierten Seite befand sich ein schwerer roter Samtvorhang. Die Sitzreihen waren mit Girlanden aus Efeu und Stechpalme geschmückt und an der Decke hingen weiße Lichterketten, die das ganze Zelt in festliches Licht tauchten.

Doch niemand beachtete die Dekoration. Alle schienen in schrecklicher Eile zu sein.

„Krass!“, sagte Paulina. Sie sprang zur Seite, als ein junger Mann mit Bart einen Scheinwerfer an ihr vorbeischob. „Das ist verrückt!“

Lena stimmte ihr zu. Es war so viel los, dass sie gar nicht wusste, wo sie zuerst hinsehen sollte.

„Miss Martin sagte, wir sollen nach ihr fragen, wenn wir da sind“, meinte Mrs Marle und sah sich suchend nach jemandem um, den sie fragen konnte.

„Ponyhof Apfelblüte“, sagte in diesem Moment eine bekannte Stimme hinter ihnen.

Miss Martin kam mit einem breiten Lächeln im Gesicht auf sie zu. Direkt hinter ihr lief eine hübsche junge Frau in einem flauschigen weißen Bademantel.

„Wie schön, dass ihr uns gefunden habt!“

Miss Martin strahlte Mrs Marle und die Mädchen an. Dann bedeutete sie der jungen Frau, näher zu treten. „Das ist Yvonne, unser Aschenputtel."

„Hallo!", begrüßte die Schauspielerin sie lächelnd. „Ich freue mich sehr, dass ein paar Ponymädchen bei der Aufführung mitmachen." Sie zwinkerte ihnen zu.

„Ich verrate euch ein Geheimnis. Ich war selbst ein Ponymädchen, bevor mich die Schauspielerei gepackt hat."

Miss Martin lachte. „Yvonne hat vorgeschlagen, noch mehr Ponys auftreten zu lassen", erklärte sie. „Ich meine, wenn man schon ein Kutschpony und eine Gute Fee auf einem Pferd hat, warum dann nicht noch ein paar Feenponys?"

„Macht total Sinn“, sagte Mia und alle mussten lachen.

„Kommt, ich zeige euch den Bereich hinter der Bühne“, sagte Miss Martin und deutete auf den Samtvorhang.

Als sich die Mädchen durch den schweren Stoff schoben, sah Lena, dass dahinter noch mehr Leute unterwegs waren als in der Manege. Hier hinten gab es keine Sitzreihen, sondern Schminktische mit Spiegeln und lange Tische mit Essen, Getränken, Unterlagen und anderem Kram. Aus Stellwänden waren Umkleidekabinen für die Schauspieler gebaut worden.

„Es ist nicht besonders viel Platz“, stellte Juli stirnrunzelnd fest. „Wo sollen wir bloß die Ponys unterbringen?“

„Hoffentlich nicht hier hinten.“ Paulina

starrte den Tisch mit dem Essen an. „Sonst bedient Lancelot sich nämlich selbst und frisst sämtliche Äpfel auf.“

Lotte nickte. „Wahrscheinlich würde er auch die Kekse fressen. Und die belegten Brote.“

Yvonne lachte. „Die Pferde haben ihre eigene Umkleidekabine. Kommt mit, ich zeige sie euch.“

Sie führte sie durch einen kleinen Zeltausgang und in eines der weißen Zelte, die Lena aus dem Auto gesehen hatte. Der Boden war mit einer dicken Schicht Stroh bedeckt, am Rand befanden sich einige Anbindestangen. Mehrere große Bottiche und Eimer standen herum, manche waren mit Wasser, andere bis zum Rand mit Heu gefüllt.

„Das ist perfekt“, sagte Lena.

„Also fast perfekt.“ Mia grinste schulterzuckend. „Es wäre noch perfekter, wenn Ponys hier wären.“

Juli streckte den Zeigefinger aus. „Hey, Mia, dein Wunsch wird wahr. Da kommt eins.“

Lena drehte sich um. Ein Mädchen in ihrem Alter führte ein hübsches kastanien-

braunes Pony in das Zelt. „Oh, was für ein süßes Pony“, sagte Lena. „Ist das deins?“

„Ja, er gehört mir“, antwortete das Mädchen. Sie hatte lange blonde Zöpfe und braune Augen. „Er heißt Merlin.“ Sie sah zu Yvonne. „Ist Oma in der Nähe?“

In diesem Moment steckte eine ältere Frau den Kopf in das Zelt. Sie hatte rosige Wangen, lockige graue Haare und strahlend blaue Augen.

„Hier bin ich, Melanie“, sagte sie. „Ich habe dich kommen gehört.“

Yvonne sah zu Lena und ihren Freundinnen. „Das ist Clara“, sagte sie. „Sie spielt meine Gute Fee.“

Melanie band ihr Pony an einer Stange an. Hannah schob einen Wassereimer näher. „Ist Merlin das Kutschpony?“, fragte sie.

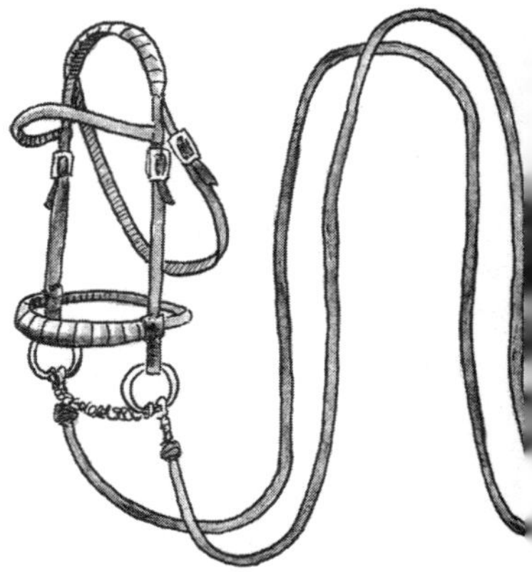

„Nein“, erwiderte Melanie. „Ich habe ihn zum Vorreiten für eine der anderen Rollen hergebracht.“

„Oh.“ Yvonne räusperte sich. „Sarah hat die Rollen für die Feenponys schon vergeben, tut mir leid.“ Sie warf der Guten Fee einen entschuldigenden Blick zu. „Deshalb sind die vier Mädchen hier. Morgen bringen sie ihre Ponys für die Proben mit.“

„Ich verstehe.“ Clara lächelte sie an. „Schön, euch kennenzulernen, und willkommen.“ Sie tätschelte Melanie die Schulter. „Es tut mir leid, Liebling, du bist anscheinend zu spät gekommen.“

Melanie runzelte die Stirn. „Aber ich habe Merlin extra hergebracht. Du hast gesagt, dass ich vorreiten darf."

„Sarah fand, dass es am besten wäre, wenn die vier Ponys und Reiterinnen sich gut kennen", erklärte Yvonne. „Ich dachte, das hätten alle mitgekriegt, aber deine Großmutter war gestern nicht da, also wahrscheinlich …"

Sie sprach nicht weiter, denn Melanie stampfte schon wütend aus dem Zelt. Merlin blieb, wo er war, und kaute zufrieden Heu.

„Oje", sagte Lotte. „Das war nicht schön."

„Tut mir leid, Mädels." Clara seufzte. „Ich spreche mit ihr. Sie beruhigt sich schon wieder."

Die alte Frau eilte aus dem Zelt. Juli ging zu dem braunen Pony. „Merlin scheint viel netter zu sein als seine Reiterin“, sagte sie. Das Pony schnupperte neugierig an ihr.

„Hier, Merlin.“ Paulina zog ein Pferdeleckerli aus ihrer Tasche und bot es dem Pony an.

Da steckte Sarah Martin ihren Kopf herein. „Hier seid ihr!“, sagte sie. Sie klang ein wenig erschöpft. „Zeit für die Probe.“

Die Freundinnen und Yvonne folgten ihr zurück in das große Zelt. Mrs Marle, Lotte und Mia nahmen sich Becher mit heißem Kakao und setzten sich dann auf die Zuschauerplätze. Lena und ihre Freundinnen gingen zu den anderen Darstellern auf die Bühne, also in die Manege.

„Wir fangen mit der Feen-Szene an, weil

heute unsere Feendarstellerinnen hier sind.“ Miss Martin machte eine Pause, in der Yvonne und die anderen applaudierten und „Willkommen, Feen!“ riefen.

Dann begann die Probe. Miss Martin zeigte Lena und den anderen, von wo sie auf die Bühne kommen sollten. Sie erklärte ihnen, dass sie neben der Guten Fee hertraben sollten, die Aschenputtel zum ersten Mal besuchen kam. Heute würden sie das natürlich zu Fuß machen. Paulina wieherte und tänzelte auf den Zehenspitzen, während sie in die Manege liefen. Alle mussten lachen. Die Feen sollten sich dann hinter Clara aufreihen, während diese mit Yvonne sprach. Anschließend würden sie eine Runde durch die Manege traben, damit die Zuschauer ihre Kostüme und die Ponys bewundern konnten.

Im Galopp sollten sie dann die Bühne verlassen.

Bald war Lena völlig außer Atem, weil sie immer und immer wieder im Kreis „traben“ mussten. Aber Spaß machte es ihr trotzdem und ihren Freundinnen auch, das konnte sie sehen. Sogar Hannah wirkte weniger schüchtern als sonst.

„Ich bin froh, dass wir nicht so eine komplizierte Rolle haben“, flüsterte Lena, als Miss Martin die Probe unterbrach, um mit Yvonne zu sprechen.

Hannah nickte. „Ich auch“, sagte sie. „Obwohl es bestimmt ein bisschen schwieriger wird, wenn die Ponys dazukommen.“

„Ja, stimmt“, sagte Paulina. „Hoffentlich steckt Mia keines mit ihrem Lampenfieber an!“

Lena lachte und sah zu den Zuschauerplätzen hinüber, wo Mia und die anderen saßen. Mehrere Leute waren auf den Plätzen verteilt, darunter auch Schauspieler, die ihre Texte auswendig lernten. Trotzdem entdeckte Lena die anderen vom Ponyhof Apfelblüte gleich in der ersten Reihe. In der Nähe erkannte sie noch jemanden: Melanie. Das Mädchen saß vorgebeugt und sah den Proben aufmerksam zu.

Sie ist noch da, dachte Lena überrascht. Sie hat sich ganz schön geärgert, dass sie das Vorreiten verpasst hat …

Als die Probe weiterging, hatte sie keine Zeit, weiter darüber nachzudenken. Es gab einfach so viel zu beachten. Und heute hatte sie noch nicht einmal Samson dabei! Miss Martin erklärte ihnen, dass die Feen und ihre

Ponys auch am großen Finale beteiligt sein würden, wenn Aschenputtel den Prinzen heiratete.

„Kommt alle her, wir proben das Finale!“, rief die Regisseurin und winkte die Schauspieler auf den Sitzplätzen herbei.

Als alle in der Manege waren, sah Lena sich um. „Das sind eine Menge Leute“, sagte sie zu ihren Freundinnen.

Juli nickte. „Wir müssen gut auf unsere Ponys aufpassen, damit sie niemandem auf den Fuß treten.“

Hannah lächelte. „Zum ersten Mal bin ich ganz froh, dass Rapunzel sich nicht so gern bewegt, außer sie muss es unbedingt“, scherzte sie.

Als die Probe vorbei war, gingen Lena und die anderen ins Kostümzelt. Es war voller

Kleiderständer mit glitzernden, schillernden, flattrigen Kostümen. Der Chef-Ankleider, ein freundlicher junger Mann namens Luca, zeigte den Mädchen ihre Kostüme: hübsche silberne kurze Tanzkleidchen, weiße Wollstrumpfhosen und Ballettschläppchen.

„Und hier kommt noch das Schönste“, sagte er augenzwinkernd. Mit großer Geste zauberte er ein Paar glitzernder blasslila Flügel hervor. Diese waren so zart und fein wie ein Spinnennetz.

„Oh, wie wunderschön!“, hauchte Juli. Lena, Paulina und Hannah staunten sprachlos.

„Hinten sind Gummibänder befestigt.“ Luca drehte die Flügel um. „Ihr könnt sie über die

Schultern streifen. Glaubt ihr, dass ihr damit reiten könnt?“

„Natürlich!“, sagte Lena.

„Moment, wir probieren sie besser an, bevor wir das beantworten, oder nicht?“, sagte Paulina begeistert.

Luca lachte und sah auf die Uhr. „Gute Idee. Macht das. Eure Zauberstäbe liegen in der Schachtel hinter dem Ständer. Ich muss den Prinzen einkleiden.“ Er winkte zum Abschied und lief zu dem Schauspieler, der gerade hereingekommen war.

Lena und ihre Freundinnen halfen sich gegenseitig, die Flügel anzuziehen: Lila für Paulina, Hellblau für Lena, Pink für Lotte und Hellgrün für Hannah. Die Zauberstäbe ähnelten Reitgerten, aber sie glitzerten wunderschön und passten farblich zu den

Flügeln. Am unteren Ende flatterte Lametta. Lena wirbelte herum und versuchte, sich in einem großen Spiegel von hinten zu betrachten.

„Das ist so fantastisch!“, jubelte Paulina.

Lena war vom Anblick ihrer Freundinnen überwältigt. Die schimmernden Flügel sahen magisch aus, obwohl sie darunter Jeans und Pullis trugen. Der ganze Tag war einfach nur wahnsinnig toll!

„Absolut fantastisch!", sagte Juli.

„Wahnsinnig fantastisch", wisperte Hannah.

„Bombastisch fantastisch!", sagte Lena. „Das wird das schönste Weihnachten aller Zeiten!"

Was ist hier los?

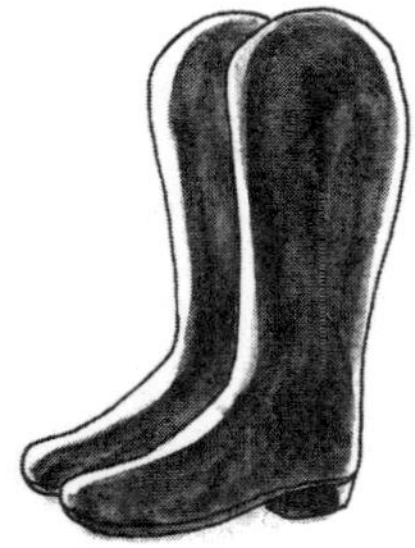

Am nächsten Tag hatten die Mädchen und die Ponys erst am Nachmittag Probe. Lena hatte Angst, dass die Zeit bis dahin nur schleppend vergehen würde, aber sie täuschte sich. Vormittags war sie bei Hannah und backte mit ihr und ihrem Vater Lebkuchen und Plätzchen. Dann brachte Mr Glass die Mädchen zum Ponyhof, wo sie beim Ausmisten halfen, noch einmal den Ablauf für die Aufführung übten und schließlich die Ponys für die Fahrt fertig machten.

Lotte und Mia kamen diesmal nicht mit. „Ihr müsst uns aber alles erzählen, versprochen?“, bat Mia. Sie hatte sich an das Fenster des Pferdetransporters gehängt.

„Ja“, rief Lotte hinter ihr. „Und macht auch Fotos!“

„Machen wir!“, sagte Lena, winkte und schloss das Fenster. Es war kalt, ab und zu schneite es sogar ein wenig. Aber die Straßen waren frei und die Fahrt ins Nachbartal verlief problemlos.

Mrs Marle parkte neben dem weißen Stall-Zelt. Samson kam als Erster die Rampe herunter. Er hob den Kopf und spitzte die Ohren, denn die Zeltplane flappte leicht im Wind.

„Alles ist gut“, sagte Lena beruhigend. „Das ist dein neuer Stall.“

Samson machte einen Schritt vorwärts und schnupperte an der Zeltplane. In der

Zwischenzeit führte Juli Sternchen aus dem Transporter. Als die Stute das Zelt sah, schnaubte sie verängstigt und blieb stocksteif stehen. Genau in dem Augenblick machte die Plane ein lautes klatschendes Geräusch.

Sternchen machte einen Satz rückwärts. Sie wollte nur weg hier.

„Schon gut, schon gut“, sagte Juli. Sie redete beruhigend auf die Stute ein. „Es tut dir nichts. Die anderen haben keine Angst, siehst du?“

Lancelot kam die Rampe herunter und starrte das Zelt neugierig an, genau wie Samson. Rapunzel kam als Letzte aus dem Transporter.

„Ich führe sie hinein“, schlug Hannah vor. „Sie hat überhaupt keine Angst. Vielleicht folgt Sternchen ihr.“

„Gute Idee“, sagte Mrs Marle. „Lena, geh mit Samson direkt hinter Sternchen. Sie mag ihn und er ist ja auch ganz entspannt.“

Es funktionierte. Sternchen ließ die flatternde Zeltplane zwar nicht aus den

Augen, aber sie ging mit den anderen Ponys hinein.

Zwei Ponys standen bereits im Zelt. Eines war ein kräftiges Shetlandpony mit gescheckem Fell und das andere Merlin, das hübsche kastanienbraune Pony, das die Mädchen am Vortag kennengelernt hatten.

Merlin sah auf, als sich die anderen Ponys näherten, und wieherte freundlich. „Ich glaube, er sagt Hallo“, meinte Hannah lächelnd.

„Warum er wohl hier ist?“ Juli sah sich um. „Und wo ist Melanie?“

Auch Paulina hatte eine Frage. „Wo sind die Seile?“ Sie stand mit Lancelot vor einem Metallring an der Anbindestange. „Gestern gab es hier ganz viele Seile, um die Ponys anzubinden. Ich habe mich gefragt, ob

Yvonne wohl dafür gesorgt hat, dass es welche gibt. Schließlich war sie auch mal ein Ponymädchen."

Juli nickte. „Oder es waren die anderen Ponybesitzer", sagte sie.

„Vielleicht", meinte Paulina. „Wie auch immer, jetzt sind die Anbindeseile weg."

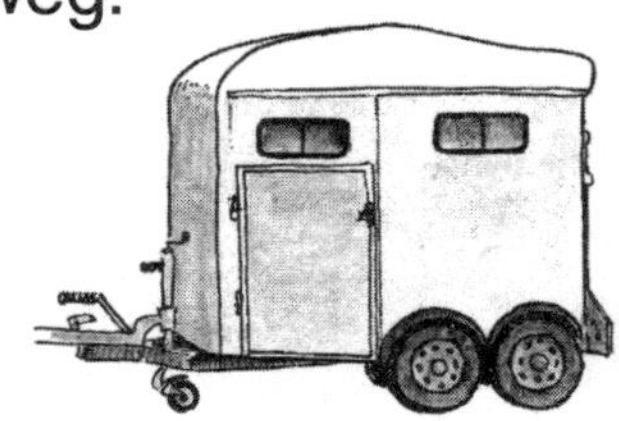

„Sehr seltsam", sagte Lena.

Mrs Marle zuckte mit den Schultern. „Nicht schlimm, ich habe immer welche im Transporter, nur für alle Fälle."

„Ich hole sie", sagte Juli und reichte ihrer Mutter Sternchens Führstrick, dann eilte sie aus dem Zelt.

Lena sah sich nach der besten Stelle um, um Samson anzubinden. „Gab es gestern nicht auch viel mehr Wassereimer?", fragte sie.

„Ich glaube schon.“ Mrs Marle runzelte die Stirn. „Neben den anderen Ponys steht jeweils ein Eimer. Vielleicht hätten wir unsere eigenen mitbringen sollen. Ich denke, ich habe zwei im Wagen. Unsere Ponys müssen sie sich heute eben teilen.“

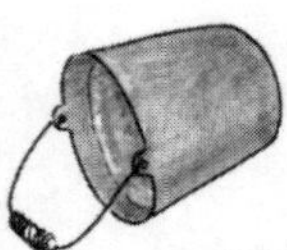

„Vielleicht gibt es im Verpflegungszelt überzählige Eimer“, meinte Paulina und reichte Mrs Marle auch noch Lancelots Führstrick. „Ich glaube, es ist gleich nebenan.“

Lena nickte. Sie hatte Leute gesehen, die mit Essenstabletts aus dem Zelt zwischen dem Stall und dem Kostümzelt gekommen waren.

Statt durch den Zeltausgang zu gehen, schlüpfte Paulina direkt unter der Plane hin-

durch. Kurz nachdem sie verschwunden war, hörten sie einen erstaunten Ruf.

„Was ist?“ Lena lief zur Zeltwand und hob die Plane hoch, Samson zog sie hinter sich her.

Draußen starrte Paulina auf einen Haufen leerer Eimer. „Ich habe die fehlenden Eimer gefunden“, sagte sie.

Lena sagte es den anderen weiter. „Wie sind sie denn dahin gekommen?“, wunderte sie sich.

„Vielleicht hat sie jemand ausgewaschen und dort zum Trocknen stehen gelassen“, meinte Hannah. „Ah, da ist Juli. Lasst uns die Ponys anbinden und dann füllen wir die Eimer für sie auf.“

Nachdem die Ponys sich eingerichtet hatten, striegelten die Mädchen sie und begannen mit dem Satteln. Es war schon bald Zeit für die Probe.

Lena zog gerade Samsons Sattelgurt fest, als die Regisseurin hereinkam. „Fast fertig?“, fragte Miss Martin gut gelaunt. „Oh, eure Ponys sind noch niedlicher, als ich sie in Erinnerung habe. Das Publikum wird sie lieben!“

„Hoffentlich“, sagte Mrs Marle grinsend. „Sollen wir rüberkommen?“

„Gleich.“ Miss Martin legte den Kopf schief und sah die Mädchen nachdenklich an. „Auch wenn heute keine Kostümprobe ist, solltet ihr vielleicht eure Flügel und die Zauberstäbe tragen, damit die Ponys und ihr euch daran gewöhnen könnt.“

„Das ist eine hervorragende Idee“, stimmte Mrs Marle zu.

Lena und Hannah boten an, die Kostüme zu holen. Einen Augenblick später standen die Mädchen im Kostümzelt und baten Luca, ihnen die Flügel und die Zauberstäbe für die Probe zu geben. Luca saß auf einem Hocker. Die Brille war ihm auf die Nasenspitze gerutscht, während er Pailletten auf ein wunderschönes Ballkleid nähte.

„Alles klar, Mädels." Er fummelte mit Nadel und Faden herum und klang etwas abgelenkt. „Sie sollten da liegen, wo ihr sie gestern gelassen habt. Bedient euch."

Lena und Hannah schoben sich an mehreren Kleiderständern vorbei, bis zu dem, an dem die Flügel hingen. „Da sind sie", sagte Lena. „Ich sehe meine, die blauen."

Sie nahm die Flügel vom Ständer. „Oh nein! Sie sind

zerrissen!“ Bestürzt betrachtete sie die Flügel. Der zarte Stoff war in der Mitte zerfetzt. „War ich das, als ich sie gestern zurückgehängt habe?“, stöhnte sie.

„Das glaube ich nicht.“ Hannah hatte ein anderes Paar Flügel von der Stange genommen. „Die hier sind auch zerrissen.“

Sie kontrollierten alle vier Flügelpaare, alle hatten Risse. Und die vier Zauberstäbe in der Kiste waren in zwei Teile zerbrochen.

Sie gingen zurück zu Luca und zeigten sie ihm. Als er den Schaden sah, riss er entsetzt die Augen auf.

„Ich habe für so etwas keine Zeit“, klagte er.

„Wir können versuchen, sie selbst zu reparieren“, bot Lena an.

Luca winkte ab. „Ach, macht euch keine

Sorgen“, sagte er seufzend. „Ich schaffe das schon. Ich werde heute Nacht sowieso nicht schlafen.“

Lena und Hannah warfen sich einen nervösen Blick zu. Sie ließen Flügel und Zauberstäbe bei Luca, der vor sich hin schimpfte, während er sich wieder dem Ballkleid zuwendete.

Juli und Paulina waren geschockt, als sie erfuhren, was passiert war. Und Miss Martin auch. Sie kam herein, als Mrs Marle und die Mädchen gerade über den Vorfall sprachen.

„Lasst euch davon die Probe nicht verderben“, sagte die Regisseurin. „Luca ist ein Genie, keine Sorge.“ Sie sah auf die Uhr. „Könnten wir die Ponys einen kurzen Moment allein lassen? Ich möchte euch zeigen, wo ihr entlangreiten müsst, Requisiten und

Bühnenbilder stehen nämlich jetzt an den richtigen Stellen.“

„Natürlich“, sagte Mrs Marle. „Die Mädchen haben ihnen das Zaumzeug noch nicht angelegt, die Ponys können also gefahrlos hier warten. Gehen wir.“

Als sie das große Zirkuszelt betraten, staunte Lena. „Wahnsinn“, sagte sie. „Hier sieht es ja aus wie bei Aschenputtel.“

Miss Martin lächelte. „Schön, nicht?“

Die Bühnenarbeiter hatten ganze Arbeit geleistet. Auf der einen Seite der Manege stand ein hübsch ausgestattetes Haus. Es gab einen gemauerten Kamin, an dem Weihnachtssocken hingen, einen Tisch und einen Stuhl. Sogar einen Weihnachtsbaum mit einem Stern auf der Spitze.

„Es ist richtig schön weihnachtlich“, sagte Paulina.

Miss Martin zeigte ihnen, wo sie die Manege betreten und wo sie dann entlangreiten sollten. Mrs Marle half ihnen und zeigte ihnen, wo sie die Ponys wenden mussten, damit sie nicht gegen die Bühnenbilder stießen.

„Das ist so ähnlich wie bei den Springturnieren, da läuft man den Platz auch vorher ab“, sagte Juli grinsend, als sie um einen unechten Busch in einem großen Topf herumliefen.

Paulina lachte. „Du hast recht.“

Miss Martin klatschte in die Hände. „Okay, versuchen wir es“, sagte sie. „Holt eure Ponys, dann fangen wir an.“

Langsam ging Lena aus der Manege. Sie

betrachtete noch einmal ganz genau das Szenenbild. Plötzlich hörte sie laute Schreckensrufe.

„Was ist los?“ Lena eilte ihren Freundinnen hinterher zum Ponyzelt.

„Samson!“ Paulina deutete auf die Stelle, wo der Apfelschimmel angebunden gewesen war. „Er ist verschwunden!“

„Was?“ Lena rannte zu Samsons Platz. Sein Halfter lag auf dem Boden, es war immer noch an der Stange angebunden. Aber von dem Pony fehlte jede Spur.

Dann ertönte draußen ein Schrei.

„Vielleicht hat ihn jemand gefunden“, sagte Hannah hoffnungsvoll.

Lena raste mit ihren Freundinnen aus dem Zelt. Ein Mann mit einer weißen Kochschürze stand im Eingang des Speisezelts und wedelte mit den Armen. „Hier drin ist ein Pferd!“, rief er und deutete ins Zelt.

Lena stöhnte. „Samson!“, rief sie. Das Hinterteil des Apfelschimmels ragte unter der Zeltplane hervor.

Es dauerte nicht lange, bis sie herausfanden, was passiert war. Samson hatte die Äpfel gerochen, die in dem Zelt standen, den Kopf unter der Plane durchgesteckt und sich den Bauch vollgeschlagen. Zum Glück

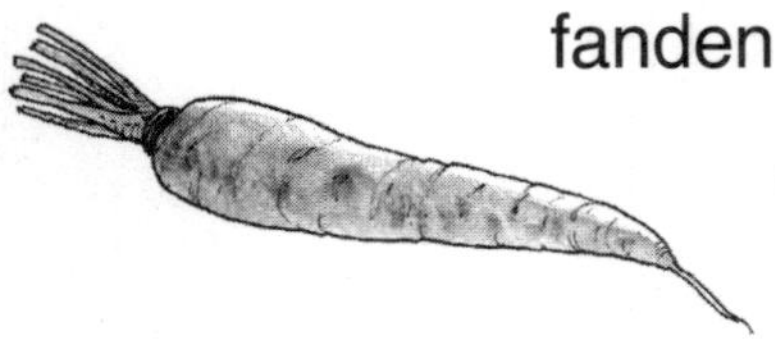

fanden die meisten Küchenleute es lustig. Eine Frau gab ihm sogar noch eine Möhre, als Lena ihm das Halfter wieder anlegte.

„Aber wie hat er sich befreit?“, wunderte Juli sich, als sie in den Stall zurückgingen.

Lena zuckte mit den Schultern. „Ich weiß

es nicht. Aber ich bin froh, dass er nicht weiter weggelaufen ist.“

„Es gehen so viele Sachen schief.“ Paulina sah besorgt aus. „Zuerst fehlen die Anbindeseile und die Eimer, dann sind die Flügel zerrissen und jetzt das. Vielleicht ist die Aufführung verflucht.“

Hannah klopfte ihr auf die Schulter. „Du klingst wie Mia“, sagte sie. „Normalerweise hat sie immer haarsträubende Erklärungen für alles.“

Mrs Marle lachte. „Macht euch keine Gedanken“, sagte sie. „Laut Theatertradition verheißt eine schlechte Probe eine großartige erste Aufführung. Also wird das Theaterstück am Ende perfekt!“

Der Geist der Weihnacht

Juli schlug vor, dass sie kurze Reitgerten statt der Zauberstäbe benutzen sollten. Kurze Zeit später saßen sie auf den Ponys und ritten in die Manege. Im Zelt war es kühl und Lena war froh, dass sie nicht ihre Feenkostüme trugen.

Yvonne war schon da. Sie hatte sich einen Schal um den Kopf gebunden und hielt einen Besen in der Hand. Ansonsten war sie ganz normal gekleidet – mit Jeans und einer warmen Jacke.

Dann kam Clara hereingeritten. Sie saß in einem altmodischen Damensattel auf einer schönen hellgrauen Stute. „Oh, ist die hübsch!“ Lena starrte das Pferd an. „Sie war gar nicht im Stallzelt.“

Clara lächelte sie an. In ihren rosigen Wangen entstanden dabei Grübchen. „Das ist Emerald. Sie gehört mir“, erklärte sie. „Sie wohnt im Dorf ganz in der Nähe, genau wie Melanies Pony. Mein Sohn – Melanies Vater – hat sie für mich hergebracht.“

Lena war beeindruckt, wie selbstverständlich sie in dem altmodischen Sattel saß. Man sah gleich, dass Clara eine gute Reiterin war.

„Wo ist denn Melanie?“, fragte Juli. „Wir haben ihr Pony gesehen.“

„Ja, sie ist gekommen, um sich die Probe anzusehen.“ Clara machte ein überraschtes Gesicht. „Es ist kalt, deshalb dachte ich, sie würde lieber mit mir im warmen Auto fahren.

Aber sie und ihr Pony sind unzertrennlich!" Sie winkte zu den Sitzreihen hinüber. „Sie ist da drüben und macht Hausaufgaben, während sie zuschaut."

Lena sah in den dunklen Zuschauerraum. Mrs Marle hatte gerade einen Platz zwischen einigen Schauspielern gefunden, die ihren Text lasen oder Kaffee aus Bechern nippten. Melanie entdeckte sie nicht, aber auf einem Sitz in der ersten Reihe lag ein Stapel Bücher und Hefte.

Das müssen ihre Hausaufgaben sein, dachte Lena.

„Da kommt Aschenputtels Kutsche", sagte Hannah.

Lena drehte sich um. Das gescheckte Shetlandpony trottete in die Manege und zog eine durchsichtige Kutsche hinter sich her.

„Ist die Kutsche echt aus Glas?“, fragte Paulina.

Yvonne hörte sie und lächelte. „Sie ist aus Plastik. Aber sie sieht ziemlich gut aus, stimmt’s?“

„Sie ist wunderschön“, sagte Lena. Sie zitterte, es war einfach zu aufregend, ein Teil des Ganzen zu sein.

Die Probe begann. Miss Martin gab den Schauspielern viele Anweisungen. Die Mädchen saßen eine ganze Weile auf den Ponys und warteten auf ihren Einsatz. Irgendwann musste Lena gähnen.

Clara stand mit Emerald neben ihr. Die alte Frau sah lächelnd auf Lena herab. „Schauspielerei ist nicht die ganze Zeit wahnsinnig aufregend, stimmt's?“, sagte sie und zwinkerte ihr zu.

Lena kicherte. „Stimmt“, erwiderte sie. „Aber es macht trotzdem Spaß!“

„Oh, da hast du natürlich recht“, sagte Clara. „Deshalb bin ich schon mein ganzes Leben lang Schauspielerin.“

„Echt?“ Juli sah sie neugierig an. „Wo haben Sie mitgespielt? In Kinofilmen?“

„In ein paar.“ Clara nannte ihnen einige Filmtitel. „Ich hatte auch eine Rolle in einer sehr erfolgreichen Fernsehserie.“

Als sie den Namen der Serie verriet, riss Paulina überrascht den Mund auf. „Das ist die Lieblingsserie von meiner Mutter“, sagte sie. „Kann ich ein Autogramm für sie haben? Sie wäre begeistert!“

Einige Zeit später probten die Mädchen ihren Galopp-Auftritt. Samson und Lancelot führten die Gruppe an. Samson lief auf der Außenseite, dort, wo die Sitzreihen waren. Als sie sich dem Ausgang näherten, rannte plötzlich jemand dicht und schnell an ihnen vorbei. Samson erschrak, machte einen Sprung zur Seite und stieß beinahe gegen Lancelot.

„Was ist los?“, fragte Paulina.

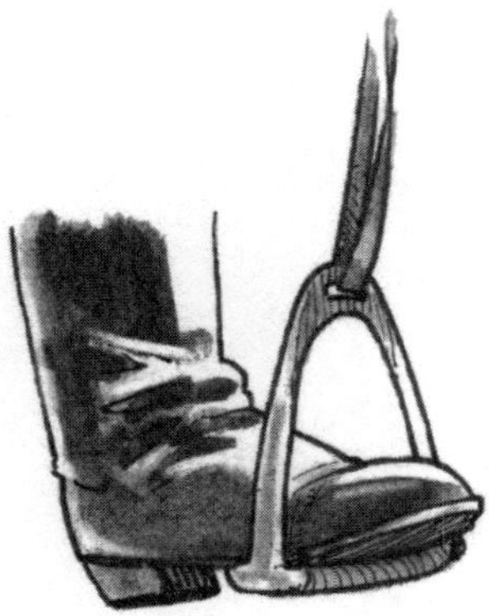

Lena hatte einen Steigbügel verloren. Sie angelte mit dem Fuß danach. Vor Überraschung war sie ganz außer Atem. „Alles gut“, sagte sie und drehte sich um, weil sie wissen wollte, wer ihr Pony erschreckt hatte. Es war Melanie! Sie setzte sich gerade auf ihren Platz in der ersten Reihe.

„Das ist ja gerade noch mal gut gegangen“, sagte Juli, als die Mädchen draußen waren. Es hatte angefangen zu schneien. Die Schneeflocken blieben auf der Wiese liegen, die dadurch ganz verträumt und malerisch aussah. „Sternchen hat sich erschreckt, weil Samson so gezuckt hat, aber ich konnte sie unter Kontrolle halten.“

„War das Melanie, die vorbeigerannt ist?“, fragte Paulina.

Juli nickte mit gerunzelter Stirn. „Sie hat selbst ein Pony, da sollte sie doch wissen, dass man in einem schattigen Bereich wie am Ausgang nicht so dicht an einem Pony vorbeirennt. Ihr hätte klar sein müssen, dass sich unsere Ponys erschrecken könnten.“

„Sie hat es bestimmt nicht mit Absicht getan“, sagte Hannah.

Mrs Marle kam hinter ihnen aus dem Zelt. „Sarah hat gesagt, dass ihr für heute fertig seid“, berichtete sie. „Sattelt ab und ladet alles ein. Ich will los, bevor die Straßen durch den Schnee rutschig werden.“

„Okay." Lena stieg ab und klappte die Steigbügel hoch. „Aber Samson kann vorher hoffentlich noch etwas trinken. Ihm ist heiß geworden."

Doch als die Freundinnen ins Zelt kamen, erlebten sie erneut eine böse Überraschung. Alle Wassereimer waren umgekippt und leer.

„Oh nein!", rief Paulina. „Nur Merlin war hier. Er muss sie umgestoßen haben."

„Das glaube ich nicht", sagte Juli. Sie ging zu dem kastanienbraunen Pony, das seine Nase ins Heu gesteckt hatte. „Er ist angebunden, an die meisten Eimer kommt er gar nicht dran. Sein eigener steht außerdem noch."

„Ist doch egal, wie es passiert ist." Mrs Marle klang etwas genervt. „Ich hole frisches Wasser und ihr sattelt ab."

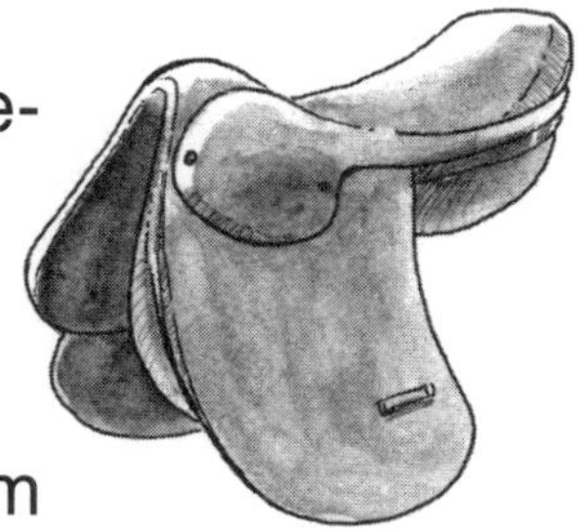

Lena band Samson am Halteseil an der Stange an und nahm ihm den Sattel ab. Als sie die feuchte Stelle auf seinem Rücken trocken bürstete, kam Hannah zu ihr. „Komm mal mit“, flüsterte sie. „Ich habe eine Idee.“

„Hm?“, machte Lena, aber ihre Freundin war schon losgelaufen. Achselzuckend folgte Lena ihr.

Hannah führte sie zurück ins Zirkuszelt. Melanie saß mit einem Buch auf dem Schoß in der ersten Reihe. Sie blickte auf, als Hannah und Lena zu ihr traten.

„Was wollt ihr?“, fragte sie misstrauisch.

Hannah holte tief Luft. „Weißt du etwas über die komischen Sachen, die uns passiert sind?“

Lena machte große Augen. Was sagte Hannah denn da?

Melanie starrte in ihr Buch. „Nein“, murmelte sie.

Hannah bückte sich und starrte Melanies Stiefel an. Lena war verwirrt. „Deine Stiefel sind nass“, stellte Hannah leise fest. „Hast du die Wassereimer umgekippt?“

Melanie schüttelte den Kopf wie ein verärgertes Pony. „Warum sollte ich das machen?“, zischte sie.

„Weil du keine Rolle bekommen hast.“ Hannahs Stimme war ganz ruhig. „Das ist Sabotage.“

Lena war schockiert. Bevor sie etwas sagen konnte, hörte sie Clara ihre Namen rufen.

„Mrs Marle will eure Ponys einladen“, sagte sie und kam eilig näher. „Sie sucht schon überall nach euch.“

Lena sah Melanie an. Melanie starrte zurück. Sie war sehr blass. „Bitte sagt Oma nichts“, wisperte sie.

Lena wusste nicht, was sie erwidern sollte.

Aber sie wusste, dass Mrs Marle wartete, deshalb griff sie nach Hannahs Hand und zog sie aus dem Zelt.

Die Ponys waren schnell eingeladen und die Mädchen setzten sich auf ihre Plätze. Mrs Marle fuhr den Transporter vorsichtig zwischen den Zelten hindurch.

„Wohin seid ihr beiden eben verschwunden?“, fragte Juli.

„Ja, Juli musste euer Zaumzeug für euch einladen“, sagte Paulina. „Ihr drückt euch doch sonst nicht vor der Arbeit.“

Lena sah zum Fahrersitz. Sie war sich sicher, dass Mrs Marle sie nicht hören konnte, aber sie sprach trotzdem mit leiser Stimme.

„Hannah hatte so eine Ahnung“, sagte sie. „Und sie hat sich als richtig erwiesen.“

Sie und Hannah erzählten den anderen von ihrer Unterhaltung mit Melanie. „Ich glaube, sie hat auch die Anbindestricke entfernt", sagte Hannah.

Paulina stöhnte auf. „Denkt ihr, sie hat auch unsere Flügel und Zauberstäbe zerstört?"

„Psst!", warnte Lena. Aber Mrs Marle hatte sich konzentriert über das Lenkrad gebeugt und sah auf die Straße. „Ich wette drauf", fügte sie leise hinzu.

Juli blickte finster drein. „Wir müssen es Miss Martin erzählen."

„Nein", sagte Hannah schnell.

Lena war überrascht. Sie hatte auch gerade vorschlagen wollen, es den Erwachsenen zu erzählen, damit die sich um Melanie kümmerten.

Aber Hannah schüttelte den Kopf. „Mir tut Melanie leid“, sagte sie. „Offensichtlich liebt

sie Merlin und wollte, dass er ein Star bei der Aufführung wird. Und mal ehrlich, was würde es schon bringen, es zu erzählen? Ich bin mir sicher, dass sie nichts mehr anstellen wird.“

„Wie kannst du dir da so sicher sein?“, fragte Juli stirnrunzelnd.

Hannah zuckte mit den Schultern. „Ich habe so eine Ahnung. Genau wie die, die mir verraten hat, dass Melanie schuld an unserem Schlamassel ist.“

„Dann unternehmen wir also nichts?“, fragte Paulina.

„Das habe ich nicht gesagt.“ Hannah lächelte. „Menschen sind manchmal wie

Pferde, oder nicht? Am glücklichsten sind sie, wenn sie zu einer Herde gehören. Melanie ist im Moment nicht besonders glücklich. Ich finde, wir sollten uns mit ihr anfreunden."

Auf Lenas Gesicht breitete sich ein Grinsen aus. Ihr gefiel, was Hannah vorschlug. „Bei den Proben für das Vorreiten haben wir gelernt, dass manche von unseren Ponys wirklich gute Freunde sind", sagte sie. „Vielleicht braucht Melanie auch ein paar gute Freunde. Vielleicht gefällt ihr das sogar besser, als bei dem Stück mitzumachen."

Juli und Paulina sahen sich an. Dann zuckten beide mit den Schultern. „Das klingt nett", sagte Paulina.

„Einen Versuch ist es wert", meinte Juli.

Lena beugte sich zu Hannah und umarmte sie. „Ich bin stolz auf dich“, sagte sie. „Du siehst in allen immer das Gute.“

Hannah erwiderte die Umarmung. „Das ist der Geist der Weihnacht.“

Eine neue Freundin

In der Nacht hörte es auf zu schneien. Am nächsten Tag war es sonnig und etwas wärmer. Der Schnee auf der Wiese glitzerte, als Mrs Marle den Transporter zwischen die weißen Zelte steuerte.

„Seid ihr euch immer noch sicher wegen Melanie?“, fragte Paulina flüsternd. „Was, wenn sie sich gar nicht mit uns anfreunden will?“

„Und was, wenn sie sich heute neue Gemeinheiten einfallen lässt?“, fügte Juli hinzu.

„Wir geben ihr eine Chance“, sagte Hannah bestimmt. „Denkt daran, sie liebt ihr Pony!“

Lena nickte. „Und das bedeutet, dass sie genauso ist wie wir.“

Als sie ihre Ponys in das Stallzelt führten, band Melanie Merlin gerade an der Stange an. Sie wurde blass, als sie die Mädchen sah.

„Hallo, Melanie“, grüßte Hannah.

Melanie machte ein unbehagliches Gesicht. „Ähm, hey“, murmelte sie und sah niemandem in die Augen. Schließlich blickte sie Hannah doch an. „Ich mache euch heute keinen Ärger“, sagte sie leise.

„Ach, das“, meinte Hannah, während sie Rapunzel anband. „Das haben wir schon ganz vergessen, stimmt's?“

„Genau“, sagte Lena.

„Klar“, sagte Paulina.

Juli zuckte mit den Schultern. „Scheint so.“

Hannah ging zu Merlin. „Dein Pony ist sehr hübsch“, sagte sie zu Melanie. „Wie lange hast du ihn schon?“

Melanie blinzelte. „Drei Jahre“, sagte sie nach einem Augenblick. „Ich habe ihn bekommen, da war er erst vier Jahre alt. Er ist noch nicht so viel geritten worden, aber wir haben hart gearbeitet und jetzt macht er es ganz toll.“

„Cool.“ Lena hatte sich zu ihnen gestellt und strich Merlin über den weichen braunen Hals. „Was reitet ihr denn so?“

„Ach, wir machen von allem ein bisschen.“ Dieses Mal lächelte Melanie. Lena konnte beinahe sehen, wie sie sich mit jedem Wort mehr entspannte. „Dressur, Springen, Querfeldein. Aber am liebsten machen wir Ausritte. Zum Glück gibt es hier im Tal ein paar sehr schöne Ziele.“

„Samson ist auch gerne im Gelände“, sagte Lena.

„Lancelot liebt Ausritte.“ Paulina grinste. „Aber am allerliebsten ist er bei Springturnieren.“

Hannah und Juli erzählten Melanie ebenfalls von ihren Ponys. Dann kam Mrs Marle herein. Sie trug zwei Taschen mit Putzzeug.

„Erwartet nicht, dass ich auch eure Sättel und Zäume herbringe“, sagte sie augenzwinkernd. „Macht euch an die Arbeit. Sarah erwartet euch schon bald in der Manege.“

„Ups.“ Lena eilte zum Transporter, Paulina und Juli folgten ihr.

Aber Hannah blieb neben Mrs Marle stehen. „Wenn beim ersten Mal alles gleich gut klappt, würde Miss Martin uns dann einen freien Nachmittag erlauben?“, fragte sie.

Mrs Marle machte ein überraschtes Gesicht. „Wahrscheinlich schon“, sagte sie.

„Warum? Habt ihr schon genug von der Schauspielerei?“

Hannah lachte. „Nein, überhaupt nicht.“ Sie drehte sich zu den anderen um. „Ich dachte nur, Melanie könnte uns auf einen Ausritt durch das Tal mitnehmen.“

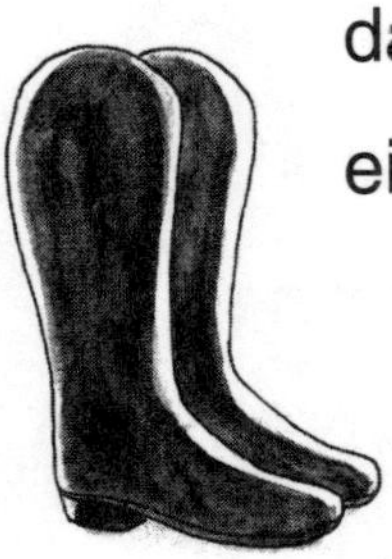

„Was für eine tolle Idee!“, sagte Lena. „Was meinst du, Melanie? Würdest du uns bei einem Ausritt anführen?“

Melanie lächelte schüchtern. „Klar, wenn ihr wollt.“

„Das ist ein sehr schöner Plan“, sagte Mrs Marle. „Dann beeilt euch jetzt besser, sonst wird Miss Martin euch eher keinen Gefallen tun.“

Es wurde ein bisschen hektisch, aber die Feen ritten pünktlich in die Manege. Auch danach klappte alles wie am Schnürchen.

Die Ponys schienen ihre Rolle verstanden zu haben, keines machte auch nur eine falsche Hufbewegung. Miss Martin schien zufrieden zu sein. Außerdem musste sie sich um die gemeinen Stiefschwestern kümmern, die ständig ihren Text vergaßen. Als Hannah sie fragte, ob sie früher gehen durften, war die Regisseurin einverstanden. Den Rest des Tages wollte sie sich auf Szenen konzentrieren, in denen keine Ponys vorkamen.

Als Lena und ihre Freundinnen aus dem Zirkuszelt ritten, saß Melanie bereits auf Merlins Rücken. „Wollt ihr immer noch ausreiten?", fragte sie etwas unsicher.

„Klar wollen wir", sagte Paulina. „Reite voran!"

Melanie warf Juli einen schüchternen Blick zu. „Bist du sicher, dass du nicht die Führung übernehmen willst?“ fragte sie. „Ich habe dich bei Turnieren reiten gesehen. Ich weiß, dass du ein Profi bist.“

Juli lächelte. „Danke“, sagte sie erfreut über das Kompliment. „Aber du kennst die Wege hier in der Umgebung. Außerdem gefällt es Sternchen, hinter den anderen Ponys herzutrotten. Wir bilden die Nachhut.“

Lena lächelte Hannah zu. Sie wusste, dass ihre Freundin dasselbe dachte wie sie, nämlich dass Melanie Juli durch ihr Kompliment dazu gebracht hatte, sich von ihrer besten Seite zu zeigen.

Dann ritten sie los. Es machte Spaß, ganz neue Wege zu reiten. Melanie war zuerst etwas still, aber Hannah stellte ihr Fragen zur Umgebung und schon bald unterhielten sich die fünf Mädchen sehr angeregt.

Das Tal war sehr weit, mit großen Wiesen und Feldern und einem Fluss mit steinigem Ufer. Sie ritten im Schritt, da auf dem Weg zu viel Schnee lag. Aber dann kamen sie zu einem Reitpfad, der geräumt worden war.

Melanie drehte sich zu den anderen um. „Wollt ihr traben?“

„Na klar!“, rief Lena und die anderen

stimmten ihr zu. Sie trabten los und galoppierten sogar ein Stück.

Schließlich parierten sie die Ponys wieder zum Schritt durch, damit ihnen nicht zu heiß wurde. Außerdem hatten sie das Dorf erreicht. Die meisten Häuser waren weihnachtlich geschmückt, wie in Willow Springs auch. Ein Mann, der gerade eine Girlande aus Stechpalmenzweigen an seinen Zaun hängte, winkte ihnen zu. Und ein kleines Mädchen kam aus einem Haus gerannt, um nach ihnen und den Ponys zu schauen.

Hinter der nächsten Kurve entdeckten sie in einem Hof einen

riesigen aufblasbaren Weihnachtsmann. Samson stellte die Ohren auf und wurde langsamer.

„Schon gut.“ Lena klopfte beruhigend seinen Hals.

Auch die anderen Ponys hatten die gigantische Dekoration entdeckt. Lancelot blieb stehen, hob den Kopf und schnaubte. Lena hörte Juli hinter sich auf Sternchen einreden. Sie sah sich nach ihnen um. Die Stute trippelte zur Seite und starrte den Weihnachtsmann verängstigt an.

„Merlin und Rapunzel haben keine Angst“, sagte Hannah. „Komm, Melanie, wir reiten auf der Seite des Ungetüms und die anderen außen neben uns.“

„Mir nach“, sagte Lena zu Paulina und Juli. „Samson ist auch ein bisschen verschreckt, aber er mag Rapunzel und würde ihr überallhin folgen."

„Ich bleibe dicht bei Melanie", sagte Paulina. „Ich glaube, Merlin ist Lancelots neuer bester Freund."

„Ja, Sternchen mag Merlin auch." Lena lenkte die Stute an den äußeren Rand der Gruppe.

Merlin und Rapunzel gingen an dem riesigen Weihnachtsmann vorbei, ohne ihn ein zweites Mal anzusehen. Das machte den anderen Ponys Mut. Schon bald lag das unheimliche Ding hinter ihnen und der Ausritt konnte normal weitergehen.

Sie erreichten das Zirkuszelt, als die Probe gerade fertig war. Mrs Marle wartete auf sie.

„Hattet ihr einen schönen Ausritt?", fragte sie lächelnd.

„Es war fantastisch!“, sagten Lena und Paulina gleichzeitig. Juli nickte und Hannah sah zu Melanie hinüber.

„Danke, dass du uns mitgenommen hast, Melanie“, sagte sie. „Es hat echt Spaß gemacht.“

„Gut, gut.“ Mrs Marle sah auf ihre Uhr. „Sattelt jetzt die Ponys ab. Wir müssen gleich los.“

Die Mädchen stiegen ab und führten die Ponys ins Stallzelt.

Hannah band Rapunzel fest und wandte sich an Lena. „Kannst du mir einen Gefallen tun und Rapunzel absatteln?“, fragte sie. „Ich muss noch was erledigen.“

„Klar.“ Lena wunderte sich, was ihre Freundin vorhatte. Aber bevor sie fragen konnte, war Hannah schon verschwunden.

Die anderen unterhielten sich über ein Turnier, bei dem Melanie als Zuschauerin gewesen war. Juli und Paulina hatten bei dem Turnier mitgemacht.

„Dein Pony – Smartie ist sein Name, oder?“, fragte Melanie Juli. „Er war toll! Und Lancelot auch. Hoffentlich können Merlin und ich eines Tages auch bei so einem Turnier mitmachen.“

„Ganz bestimmt“, erwiderte Paulina. „Ihr zwei seid ein gutes Team. Das haben wir deutlich gesehen, als ihr uns an dem unheimlichen Weihnachtsmann vorbeigeführt habt.“ Sie grinste und gab ihrem Pony einen Klaps. „Der arme Lancelot wäre vor Angst beinahe abgehoben und mit den Rentieren davongeflogen!“

Alle lachten. Einen Augenblick später kam Hannah ins Zelt, gefolgt von Sarah Martin.

„Hallo, Mädels“, sagte die Regisseurin. „Hannah hat mich gerade auf eine fantastische Idee gebracht. Melanie, möchtest du mit Merlin auch noch bei der Aufführung mitmachen?“

Melanie staunte mit offenem Mund. „Was?“

„Ich fände es toll, wenn ein Pony den magischen Glasschuh für den Prinzen tragen würde“, erklärte Miss Martin lächelnd. „Das wäre doch wunderbar! Und Merlin ist genau der Richtige dafür. Ich habe gehört, dass er sehr sensibel und brav ist.“

„Das ist er.“ Melanie sah ihr Pony stolz an.

Dann grinste sie Miss Martin zu. „Ich würde das liebend gern machen!"

„Wundervoll!" Die Regisseurin klatschte in die Hände. „Ich sage Luca Bescheid. Er hat bestimmt ein Kostüm für dich, damit du aussiehst wie ein Palastdiener. Bis morgen!" Winkend eilte sie davon.

Melanie fiel Hannah um den Hals. „Ich kann es kaum erwarten, mit euch bei dem Theaterstück mitzumachen", sagte sie. „Danke, dass du Sarah auf diese Idee gebracht hast."

„Gern geschehen." Hannah erwiderte die Umarmung. „Dafür sind Freunde doch da!"

Der große Auftritt

„Ich bin schrecklich nervös!“, jammerte Paulina.

Lena sah von den Gummibändern ihrer Flügel hoch, die sie gerade richtete. „Ich auch“, gab sie zu.

Mia lachte. „He, ich bin doch immer diejenige mit Lampenfieber, habt ihr das vergessen? Außerdem ist es doch nur die Kostümprobe und nicht die Premiere!“

Heute wurde das Stück zum ersten Mal aufgeführt, allerdings erst am Abend. Jetzt am Nachmittag fand die Kostümprobe statt. Alle würden ihre Kostüme tragen und so spielen, als wäre es die echte Aufführung.

Mia und Lotte waren mitgekommen, um zu helfen. Sie hatten die Ponys gesattelt, während die anderen die Feenkostüme anzogen. Alle sechs Mädchen warteten nun im Stallzelt auf den Beginn der Probe.

Lena betrachtete ihre Freundinnen. „Wir sehen fantastisch aus!“, sagte sie.

„Ja, das tut ihr“, stimmte Lotte ihr lächelnd zu. „Juli, deine Flügel und dein Zauberstab gefallen mir am besten.“

Daraufhin mussten alle kichern. Julis Kostüm war in Lottes Lieblingsfarbe: Pink.

Da kam Melanie hereingeeilt. Lena staunte. „Oh, du siehst toll aus!“, sagte sie. Melanie trug einen roten Samtmantel, weiße Reithosen und hohe schwarze Stiefel.

Melanie lächelte und drehte sich schnell im Kreis. „Gefällt es euch? Luca ist die ganze Nacht aufgeblieben, um es zu nähen.“ Sie kicherte. „Aber sein Assistent hat mir verraten, dass das meiste von einer Aufführung des Gestiefelten Katers im letzten Jahr übrig geblieben ist.“

Dann wurde es ernst. Die Feen warteten im Zirkuszelt am Rand der Manege auf ihren

Einsatz. Auf der Bühne tanzte Aschenputtel mit dem Besen und sang davon, wie gerne sie zum Ball gehen wollte. Aber Lena sah nicht so genau hin, sondern suchte nach ihrer Mutter. Sie hatte versprochen, zur Kostümprobe zu kommen. Wo war sie?

Endlich entdeckte Lena sie. Sie saß in der ersten Reihe. Eric saß neben ihr und Simba zu ihren Füßen.

„Passt auf“, wisperte Hannah. „Gleich sind wir dran.“

Auf ihr Stichwort ritten die Mädchen hinter Clara in die Manege. Still standen sie da, während Clara mit Yvonne sprach, die gar nicht mehr aussah wie Yvonne, sondern wie Aschenputtel. Sie trug ein Flickenkleid, wirkte aber dennoch irgendwie elegant.

Die Szene klappte prima und die anderen

auch. Dazwischen hieß es warten, aber Lena machte das nichts aus, weil sie so das ganze Stück sehen konnte.

Für das große Finale ritten Lena und ihre Freundinnen wieder in die Manege. Aus dem Augenwinkel sah sie Eric und ihre Mutter winken. Dann sah sie noch etwas – blitzendes goldenes Fell – und hörte aufgeregtes Bellen.

„Oh nein", flüsterte sie. „Simba!"

Der junge Hund hatte Eric wieder einmal die Leine aus der Hand gerissen. Simba rannte in die Manege und bellte wie verrückt. Sternchen machte ein überraschtes Gesicht, aber die restlichen Ponys blieben stocksteif stehen. Simba raste an ihnen vorbei und sprang zu Aschenputtel in die gläserne Kutsche.

„Entschuldigung!“, rief Eric und rannte in die Manege. „Ich hole ihn!“

„Nein, nicht!“ Yvonne knuddelte Simba und lachte, als er ihr über das Kinn schleckte. „Er ist so süß!“ Sie sah zur Regisseurin. „Was meinst du, Sarah? Kann Aschenputtel ein Hündchen haben?“

Miss Martin kam näher. „Warum nicht?“, sagte sie und breitete die Arme aus. „Schließlich machen schon die Hälfte aller Ponys und Pferde aus der Gegend mit. Ein Hund macht die Sache erst so richtig rund!“

Eric machte ein besorgtes Gesicht. „Ich weiß nicht, ob das so eine gute Idee ist“, sagte er. „Simba ist noch sehr jung. Manches klappt schon ganz gut mit ihm, aber ich bin nicht sicher, ob er sich benehmen wird.“

Yvonne drückte Simba an sich. „Ist doch egal, ob er sich benimmt“, sagte sie. „Was er auch tut, das Publikum wird ihn lieben!“

„Das denke ich auch“, sagte der Schauspieler, der den Prinzen spielte. Er stand neben dem Shetlandpony, das die Kutsche zog. „Und wenn sich einer von uns mit dem Text verhaspelt, wird es niemand bemerken, weil der süße Welpe alle ablenkt.“

Alle mussten lachen. Eric sah immer noch unsicher aus, aber er war einverstanden, dass Simba bei der Aufführung mitmachte.

Vom ersten Augenblick an eroberte Simba die Herzen des Publikums! Luca hatte aus roten und grünen Bändern eine Leine ge-

flochten und eine große Schleife an Simbas Halsband gebunden. Er passte perfekt zur weihnachtlichen Dekoration. Die Zuschauer waren hörbar entzückt, als er neben Aschenputtel in die Manege lief, und lachten jedes Mal, wenn er bellte oder umhersprang.

Währenddessen konzentrierten Lena und die anderen sich auf ihre Ponys, damit sie im richtigen Moment an der richtigen Stelle standen. Es war anstrengend, machte aber auch unendlich viel Spaß. Lena vermutete, dass Samson dachte, das Publikum wäre nur wegen ihm da. Immer wenn die Zuschauer klatschten, spitzte er die Ohren und wölbte stolz den Hals.

„Das ist so toll!“, flüsterte Juli hinter dem Vorhang, wo sie nach ihrem Szenenauftritt warteten. „Kaum zu glauben, dass wir wirklich und wahrhaftig bei einer Theateraufführung dabei sind!“

Mia und Lotte kamen mit Möhren für die Ponys zu ihnen. „Ihr macht das super“, sagte Lotte.

„Ja, fast wünsche ich mir, auch da draußen im Scheinwerferlicht zu stehen.“ Mia grinste. „Aber nur fast!“

„Beug dich mal her“, sagte Lotte zu Lena. „Deine Flügel sitzen schief.“

„Danke.“ Lena war froh, dass ihre Freundin ihr half. „Ist es nicht nett von Luca, dass wir die Kostüme nach der letzten Vorstellung behalten dürfen?“

„Psst!“ Paulina war abgestiegen und

reichte Mia die Zügel, damit sie durch den Vorhang linsen konnte. „Jetzt ist Melanie dran.“

Die Mädchen drückten sich eng zusammen, um durch den Spalt zu sehen. Melanies Kostüm war im Scheinwerferlicht noch schöner. Sie führte Merlin durch die Manege. Das Pony hatte grüne und rote Bänder in der geflochtenen Mähne. Ein Kissen war auf seinem Sattel festgebunden, darauf lag der gläserne Schuh. Das Licht spiegelte sich in ihm und er glitzerte und funkelte märchenhaft.

Melanie und Merlin folgten dem Prinzen bei seiner Suche nach dem Mädchen, dem der Schuh passen würde. Als er ihn Aschenputtel anzog, jubelten die Zuschauer laut. Lena war stolz, dass Merlin trotz des Lärms nicht ein einziges Mal zuckte. Und sie wusste, dass Melanie es auch war.

„Ich bin sehr froh, dass die beiden doch mitspielen“, flüsterte sie Hannah zu.

„Ich auch“, antwortete Hannah.

„Schnell, ihr zwei“, zischte Paulina hinter

ihnen. „Wir müssen aufsteigen. Jetzt kommt das große Finale!“

Lena sah Simba, der stolz neben Aschenputtel in der Kutsche saß, und musste grinsen. Sie war erleichtert, dass der kleine Hund keinen Quatsch gemacht hatte. Yvonne hatte recht – Aschenputtel brauchte ein süßes Haustier!

Als sich alle zum Verbeugen in einer Reihe aufstellten, gab es viel Applaus für Aschenputtel und den Prinzen, Clara und die Feen, aber am allermeisten für Simba, der die ganze Zeit bellte und bellte.

Im blendenden Scheinwerferlicht war das Publikum nicht gut zu sehen. Lena lächelte trotzdem so sehr, dass ihre Wangen schmerzten, aber es machte ihr nichts aus. Das war einer der schönsten Abende ihres Lebens!

„Fröhliche Weihnachten!“, rief sie und winkte ins Publikum. Dann klopfte sie Samson den Hals, denn er war auch ein Star.

Ihre Freundinnen und Melanie wiederholten ihre Worte und riefen, so laut sie konnten: „Fröhliche Weihnachten!“

Band 15
ISBN 978-3-7432-0410-2

Band 14
ISBN 978-3-7432-0409-6

Band 13
ISBN 978-3-7855-8941-0

Band 12
ISBN 978-3-7855-8940-3

Band 11
ISBN 978-3-7855-8679-2

Band 10
ISBN 978-3-7855-8678-5

Loewe
Das will ich lesen!

Band 9
ISBN 978-3-7855-8427-9

Band 8
ISBN 978-3-7855-8426-2

Band 7
ISBN 978-3-7855-8237-4

Band 6
ISBN 978-3-7855-8236-7

Band 5
ISBN 978-3-7855-8067-7

Band 4
ISBN 978-3-7855-7937-4

Band 3
ISBN 978-3-7855-7936-7

Band 2
ISBN 978-3-7855-7883-4

Band 1
ISBN 978-3-7855-7882-7